Péri '04

À l'enseigne de l'amitié

Du même auteur

Lorenzo Lotto, Paris, Adam Biro, 1998.

Jacques Bonnet

À l'enseigne de l'amitié

LIANA LEVI  *piccolo*

Prologue

Cette publication est l'aboutissement d'un projet remontant maintenant à près de trente ans. Pourquoi tant d'années ? Principalement parce que ce travail d'historien du dimanche s'effectua en parallèle d'activités professionnelles souvent prenantes. Et le projet tel qu'envisagé au départ était sans doute trop ambitieux. Mais pas seulement. En fait, cette entreprise a pris une place très particulière dans ma vie ; elle est devenue un jardin retiré, une chambre secrète qui toutes ces années m'a été fort utile à supporter les moments pénibles. Une sorte de pièce hermétique aux bruits du monde, comme insonorisée par les rayonnages de livres, les piles de catalogues et les fiches remplies de notes. Travailler à ce texte m'a protégé des froidures de l'existence, celles qui vous pénètrent jusqu'aux os de l'âme. Inconsciemment, j'ai prolongé l'exercice aussi longtemps que possible pour ne pas perdre ce refuge hospitalier. Achever ce travail, c'était tourner pour la dernière fois la clef dans la serrure avant de la jeter au fond du puits. Le publier offre, certes, la satisfaction d'atteindre au seul but qui vaille la peine : celui qu'on s'est fixé à soi-même. C'est aussi avoir la sensation désagréable, au goût comme métallique, que l'on n'y reviendra plus jamais et que pourtant la vie continuera.

Au début du mois de juillet 1972, je terminai les études de droit et d'histoire que quatre années durant j'avais menées de front. Sans doute avais-je trouvé un certain équilibre mental à cette double activité : d'un côté, la mécanique ingénieuse et souvent un peu vaine du juridique, de l'autre, l'effrayante liberté de pouvoir piocher dans un passé sans limite pour en reconstruire quelques pans – et la satisfaction intellectuelle de voir parfois se rejoindre et se compléter curieusement les deux approches. J'ai dû aussi vouloir me punir de n'avoir même pas tenté d'entrer dans une classe préparatoire, évacuant par un surcroît de travail un fort sentiment de culpabilité. Mes deux diplômes de maîtrise en poche, j'étais bien décidé à continuer mes études d'histoire. Je ne savais pas que dès l'année suivante les accidents de la vie me conduiraient à devenir juriste d'entreprise dans l'industrie chimique, fonction que j'occupe encore à ce jour.

En tout état de cause, j'avais décidé d'embrayer dès l'automne sur un DEA d'histoire, et c'est pour rassembler la documentation du mémoire projeté («La librairie parisienne sous les derniers Valois») que j'avais quitté Toulouse pour m'installer deux mois et demi à Paris chez mon cousin Jean-François. Il habitait avec femme et nouveau-né un appartement confortable à quelques rues du parc Montsouris. J'arrivai durant un week-end et dès le lundi me trouvai à pied d'œuvre rue de Richelieu. Au bout de quelques jours, j'y avais pris mes habitudes. J'étais à la BN dès l'ouverture pour être sûr d'avoir «ma» place. Je prenais ensuite un café au coin de la rue des Petits-Champs, puis passais mes journées dans les boutiques de la rue Saint-Jacques des années 1570, à étudier les catalogues de Thomas Belot ou de la veuve Guillard et à exploiter au mieux les précieux travaux de Renouard, Claudin et autres Pichois et Vicaire. Bien entendu, je n'avais choisi au hasard ni le sujet – la naissance de l'édition me fascinait – ni la période agitée des guerres de Religion dans laquelle l'imprimé eut tant d'importance. Le soir, les chausses encore crottées de la saleté des ruelles parisiennes aussi mal pavées que mal famées, l'esprit encombré des multiples éditions de Cicéron, Sénèque ou saint Thomas d'Aquin, je sortais afin de ne pas troubler la quiétude domestique de mes hôtes. Je n'avais, il faut le dire, aucun goût pour l'ambiance familiale, aggravée en l'occurrence par les gazouillis et les prémices de manifestations d'intelligence de Sébastien, alors âgé de cinq ou six mois. Je n'ai jamais vraiment compris, même encore aujourd'hui, la fascination qu'exercent sur les jeunes parents les plus banales réactions de leur rejeton. Pourtant Montaigne écrivait il y a quelques siècles déjà : «Je ne puis recevoir cette passion de quoi on embrasse les enfants à peine encore nés, n'ayant ni mouvement de l'âme, ni forme reconnaissable au corps par où ils se puissent rendre aimables.»

Je sortais donc chaque soir, attendant patiemment le 14 juillet qui verrait le départ de la petite famille pour cause de villégiature balnéaire. Au fur et à mesure que l'on avançait dans l'été, l'atmosphère de la BN s'internationalisait. Depuis le Japon, le Brésil ou les États-Unis, les universitaires débarquaient rue de Richelieu afin d'affronter dans la moiteur parisienne les représentants d'une administration qui n'avait pas encore appris à traiter ses usagers comme des clients. Le personnel de la BN, s'estimant plus propriétaire que dépositaire des millions de volumes entreposés, ne pouvait s'empêcher de considérer ces chercheurs comme des perturbateurs, voire des vandales. Plus l'université d'origine était éloignée et plus le visiteur semblait suspect et son larcin longuement prémédité.

Il y avait aussi des chercheuses, blanchies par les années d'un travail qui se déroulait le plus souvent à l'abri du soleil. Certaines, ayant à peine dépassé la vingtaine, étaient déjà aux prises avec un phD, activité qui semblait en contradiction

9

avec leur âge. Or, après quelques aventures qui avaient agréablement agrémenté sans trop le bouleverser le cours de mes études, j'étais libre et, disons, sentimentalement disponible.

Les bibliothèques sont lieux propices à l'observation et à l'échange éventuel de regards. L'attente des ouvrages réclamés, la rêverie laborieuse, la complicité face aux incohérences administratives, les rencontres inopinées à la photocopieuse ou dans la salle des catalogues, sans oublier celles, d'autant plus marquantes que hors cadre, sur le chemin matinal de la BN ou crépusculaire du retour chez soi. Le fait de passer des journées entières à travailler, et réfléchir, dans la même pièce crée une atmosphère d'intimité qui en cas d'attirance physique peut devenir troublante.

Parmi ces quelques jeunes femmes dont l'assiduité en ce lieu austère semblait incongrue, une Américaine aux longs cheveux châtains retombant librement ou, selon les jours, sagement retenus en chignon, m'intriguait. Je n'arrivais pas à décider si elle était jolie ou non. Elle finit par percevoir mon intérêt, j'évitais pourtant que mes regards soient trop explicites. De fait, je ne savais pas vraiment ce que je voulais et n'étais pas d'humeur conquérante. En tout cas j'avais pris, dès arrivé, le pli de vérifier sa présence et ne me privais pas, alors qu'elle était de dos, et que c'était jour de chignon, de regarder avec délice sa nuque frisottée. Très respectueux du hasard, il ne me vint pas à l'idée de l'aborder. Je ne sais si cela aurait tenu tout l'été, mais le destin s'en mêla. Je passais mes dimanches matin au premier étage du Cluny, grand café désuet faisant l'angle des boulevards Saint-Michel et Saint-Germain, aujourd'hui transformé en lamentable pizzeria industrielle, et alors refuge des étudiants mal logés, des universitaires ayant besoin de calme, des psychanalystes fomentant une énième dissidence et des amoureux de discrétion. La table que j'occupais ce jour-là se trouvait face à la montée de l'escalier et j'y feuilletais plus que je ne lisais vraiment journaux et magazines négligés durant la semaine, lorsque mon Américaine apparut en haut des marches, me vit comme je la vis, vint à ma table et s'assit en face de moi, prononçant ces mots à jamais inscrits dans ma mémoire : «Et si nous parlions maintenant.»

J'aimais décidément beaucoup ses manières et nous parlâmes et bien plus encore. Elle était new-yorkaise, avait vingt-trois ans, étudiait à Harvard et faisait un PhD sur «Apollinaire critique d'art». Elle pratiquait le français grâce à une belle-mère d'origine bourguignonne, et avait laissé de l'autre côté de l'Océan un fiancé dont il fut peu question entre nous et qui se manifesta durant tout l'été par un courrier hebdomadaire auquel Sarah répondait avec la même régularité. Je me demande d'ailleurs ce qu'elle pouvait bien lui raconter d'anodin car très vite nous occupâmes quasiment tout notre temps ensemble. Excepté les heures de bibliothèque, où quelques dizaines de mètres séparaient nos places respectives, nos deux vies étaient très étroitement imbriquées. Nous passions les nuits dans son studio rue Bonaparte, nos soirées dans les cinémas d'art et d'essai du quartier, dînions dans quelque gargote du Marais et le week-end parcourions Paris en tous sens. Les nuits étaient passionnées et recouvraient nos journées d'une sorte de langueur ouatée que la réalité semblait devoir traverser pour parvenir avec effort jusqu'à nous.

Je ne connaissais personne à Paris et paradoxalement c'était Sarah l'étrangère qui, par le biais de sa belle-famille et le réseau des Américains en exil plus ou moins temporaire, provoquait les rares occasions de vie sociale. L'été fut donc parsemé de dîners et de *five o'clock* où se retrouvait une faune hétérogène d'Américains habitant la France depuis plusieurs années, d'étudiants de Yale ou de Cornell en goguette, d'artistes cherchant l'inspiration dans le dépaysement, de journalistes en poste riches d'avenir et de jeunes femmes venant parfaire l'éducation de leurs frissons.

Une des premières personnes que je rencontrai était une vieille dame excentrique, au franc-parler, buvant sec, et à la conversation volontiers railleuse. Ingrid Boettischer habitait Paris depuis 1950 sans que j'aie jamais su avec certitude les raisons de cet exil. Je soupçonnais une attirance pour une liberté bienvenue et des mœurs pas forcément orthodoxes envers lesquels la vieille Europe, contrairement à l'Amérique puritaine de l'époque, avait une indulgence confinant à l'indifférence. Elle habitait rue Descartes un petit appartement encombré, vivant de rentes qui allaient visiblement s'amenuisant, et avait passé ces deux décennies à visiter le Vieux Continent sous toutes ses coutures. Lorsqu'elle apprit l'objet de mes recherches, elle m'invita chez elle à voir un livre qui pourrait m'intéresser. Un pan du mur de son salon abritait une bibliothèque de littérature française et anglaise contemporaine, le plus souvent en format de poche. Un rayonnage jurait, occupé qu'il était par des volumes reliés – «Ces livres étaient à mon grand-père, je les ai récupérés lorsqu'après sa mort on a vidé son appartement.»

Il s'agissait en fait d'éditions de classiques allemands du XIXᵉ siècle allant de Goethe et Schiller à Fontane. Une des reliures portait sur la tranche une pastille ornée de numéros et de lettres. L'ouvrage venait visiblement d'une bibliothèque. C'était le volume qu'elle voulait me montrer. Sur la page de titre, le tampon de la Sächsische Landesbibliothek de Dresde et une marque d'éditeur ne laissant aucun doute : *In Pariggi Appresso Guglelmo Giuliano Al segno de l'Amicitia 1582.*

Il s'agissait bien d'un exemplaire de l'édition originale du *Candelaio* de Giordano Bruno. «Je sais qui est Bruno, me dit-elle, mais c'est écrit dans un vieil italien que je ne peux lire. Et d'ailleurs lorsque j'ai eu la curiosité d'en parcourir une traduction française, j'ai trouvé ça très emmerdant.» J'appris que le grand-père Boettischer était venu enfant en Amérique dans les années 1880, avec ses parents, et que ces livres reliés avaient appartenu à son propre père. Leur présence sur les rayonnages d'Ingrid ne les destinait pas à être lus, mais était comme l'ultime trace tangible des origines européennes de la famille Boettischer.

Ce n'est qu'après être sorti de chez Ingrid que je compris ce qu'elle ne m'avait pas dit ce jour-là. Face à la dureté des temps, cette relique sentimentalement très précieuse pouvait sans doute faire l'objet d'un échange des plus vulgaires contre cette chose anonyme, sans caractère et néanmoins indispensable : de l'argent. Je revins donc la voir la semaine suivante, et lui dis qu'après réflexion ce livre entrait trop parfaitement dans mes préoccupations du moment pour que je résiste à l'envie de le lui acheter. Elle ne sembla pas surprise de ma proposition et la refusa tout net. Je précisais alors mon offre en lui disant que j'étais prêt à y mettre 3 500 francs. Je n'avais pas la moindre idée de ce que pouvait bien être la valeur d'un tel ouvrage, mais ce montant représentait pour moi la limite du déraisonnable que me permettait l'état de mes finances. C'était aussi une somme assez conséquente pour intéresser une Ingrid aux abois. D'ailleurs, après que j'eus lâché ce chiffre, le refus net se transforma en une promesse vague d'y réfléchir. Je repartis un peu effrayé de ma proposition et ne sachant pas vraiment si je souhaitais qu'elle soit un jour acceptée ou s'il était plus sain d'en rester là. D'un côté, j'écornais le budget des mois à venir, de l'autre, je voyais dans cette acquisition une manière de pérenniser cet été de joies et de surprises, et de retenir quelques lambeaux de cet «amour de bibliothèque» que le temps n'allait pas manquer de déchiqueter à belles dents. Et puis aussi, sans doute, une réaction à la frustration d'avoir vu tous les ouvrages qui m'étaient passés entre les mains des semaines durant rejoindre les calmes réserves de la BN.

Pour être franc, je ne m'aperçus pas lors de ces premières visites chez Ingrid que le volume imprimé que j'avais rapidement feuilleté comportait un dernier cahier noirci d'une écriture régulière et serrée. Je devais le découvrir plus tard et par là même que ce texte écrit en latin se poursuivait sur ce qui avait dû être une feuille d'imprimerie vierge soigneusement pliée et insérée contre la reliure en fin de volume.

Juillet et août s'écoulaient. Je parlais de bonheur, mais que l'on y songe, les journées dans une bibliothèque, les nuits pleines de tendresses haletantes et le reste du temps livré à nos deux fantaisies.

Sarah était d'une famille juive d'origine polonaise ou russe ou les deux, je ne sais plus très bien, émigrée aux États-Unis au début des années 20. Son séjour à Paris avait, au-delà des motifs universitaires, comme un parfum de retrouvailles avec ses racines européennes. Insatisfaite de l'efficacité indéniable mais un peu vide de l'Amérique, elle semblait se vautrer avec plaisir dans les difficultés de la vie française au quotidien. Nous vécûmes cet été parisien dans une sorte d'harmonie d'intellect, de conversation et de sensualité que je n'ai jamais retrouvée par la suite. Nous rencontrions parfois Ingrid mais ne parlions jamais du Giordano Bruno. Il était pourtant évident qu'il figurait en arrière-fond des questions qu'elle me posait sur le déroulement de mes recherches. Elle était assurément prise entre des scrupules de fidélité familiale et des ennuis d'argent que je sentais à certains indices imperceptibles allant s'aggravant.

Vers le 20 août, elle m'invita à prendre l'apéritif chez elle. Elle fut, cette fois-là, très directe. Elle devait aller aux États-Unis d'urgence et avait besoin d'argent. Elle était prête à me céder l'ouvrage mais était sûre qu'en s'adressant à un spécialiste elle en obtiendrait beaucoup plus. Néanmoins, par sympathie et commodité, elle voulait bien ne pas chercher ailleurs, mais 3 500 francs n'étaient pas assez. Les limites du déraisonnable étant particulièrement floues et donc faciles à repousser, je proposais 5 000 francs, en précisant que c'était par la force des choses mon dernier prix. L'offre lui enleva toute réticence d'avoir trop facilement cédé et nous conclûmes. Je revins le lendemain avec une enveloppe contenant l'argent liquide qu'avec élégance elle ne recompta pas devant moi, et j'emportai l'objet. Du texte manuscrit que recélait le livre, il ne fut jamais question entre nous. La langue latine avait, je pense, rebuté Ingrid, et l'avait empêchée d'y prêter véritablement attention.

Bien entendu, je ne lui confiai pas avoir profité des journées à la BN pour me renseigner sur le séjour parisien de Bruno et en savoir beaucoup plus sur l'ouvrage qui maintenant était mien. J'allais chez Sarah avec une bouteille de Barolo pour fêter mon acquisition, ce livre étant finalement l'effet le plus concret de notre «affaire»; le reste n'était que de l'étoffe des rêves. Je portai alors, et pour la première fois, sur l'objet un œil plus attentif, celui du propriétaire, et là en quelques minutes l'ouvrage que j'avais entre les mains changea de registre. Je croyais avoir acquis à un prix honnête, mais assurément en dessous de sa valeur réelle, un livre de trois cent quatre-vingt-dix ans d'âge, et j'entendais, en commençant à déchiffrer une à une les lettres composant les mots composant les phrases composant ce long texte, une voix congelée par les siècles et que mon regard semblait ramener à la vie. Car il ne s'agissait pas de notes prises au XIXe siècle par un aïeul d'Ingrid, ni des mémoires insipides d'un bibliothécaire indélicat du XVIIIe, ni même d'une réfutation, par un dominicain auquel aurait appartenu le volume au XVIIe siècle, des singulières théories bruniennes, non, c'était un texte contemporain de la parution de l'ouvrage. Il suffisait pour s'en persuader de déchiffrer la première ligne de la première page manuscrite : *Ego Johannus Hennequinus, doctor in philosophia…*

L'auteur de ce texte était donc ce Jean Hennequin qui, le 28 mai 1586, lors d'une séance mémorable au collège de Cambrai, avait présenté la position de son maître sur Aristote contre les docteurs de la Sorbonne. Jean Hennequin, le seul disciple parisien identifié de Bruno.

Le texte des deux feuillets manuscrits était visiblement de la même main et sa lecture ne réclamait qu'une grande patience. Dans son exemplaire du *Candelaio,* Hennequin avait donc écrit un long texte – les pages étaient peu nombreuses mais l'écriture en était très dense – que l'on pouvait imaginer avoir un rapport avec son maître.

Sarah et moi nous séparâmes en septembre, avec émotion mais sans promettre de nous revoir. C'était prévu et ces mois avaient été parfaits. Qu'en aurait-il été si nous avions prolongé ? Ce que j'ai vécu par la suite me rend sceptique.

Sarah se maria l'année suivante avec un autre fiancé dont je n'avais jamais entendu parler. Elle avait décidément plus d'une fantaisie. Nous échangeâmes dans les années qui suivirent quelques cartes postales très soigneusement impersonnelles. J'appris la naissance de quelques enfants. Elle doit maintenant être grand-mère. Nous ne nous sommes jamais revus. Je reçus aussi son travail sur Apollinaire, elle ne reçut jamais le mien, et pour cause! Ainsi se terminent souvent les amours de bibliothèque.

Mais revenons à Giordano Bruno. Celui-ci arriva à Paris à l'automne 1581 après avoir passé une vingtaine de mois à Toulouse. Il y resta jusqu'au printemps 1583. Durant son séjour parisien, il publia quatre ouvrages: *De umbris idearum* et *De compendiosa architectura et complemento artis lullij* chez Gilles Gourbin, les *Cantus Circaeus* et le *Candelaio* chez Guillaume Julien à l'Enseigne de l'Amitié.

Le *Candelaio* est son premier ouvrage en italien et en fait sa première expérience littéraire; il s'agit d'une véritable comédie et non plus d'exposés théorico-philosophiques. Nous savons depuis les travaux de Rita Sturlese[1] que soixante exemplaires de l'édition originale en ont été répertoriés. En n° 10 de son catalogue, elle indique simplement: «Dresden, Sächsische Landesbibliothek, litt. ital. A 743. Legato con Er. fur. *Destrutta nella seconda guerra mondiale.*» Quant à l'édition des œuvres italiennes de Bruno publiée en 1830 à Leipzig par Adolf Wagner, Giovanni Aquilecchia, dans sa préface à l'édition française de 1993, indique que «pour l'édition des textes, il [A. Wagner] avait fait copier ceux qui lui avaient été fort courtoisement communiqués par le très savant Ebert, bibliothécaire de Dresde». Ainsi j'avais entre les mains l'exemplaire qui était encore dans la bibliothèque de la capitale de la Saxe en 1830, mais n'était plus répertorié depuis 1945, et se trouvait en fait en possession de la famille Boettischer. Mais alors depuis quand l'arrière-grand-père d'Ingrid, qui selon la tradition familiale, l'avait apporté avec

---

1. *Bibliografica censimento e storia delle antiche stampe di Giordano Bruno,* Leo S. Olschki Editore, Florence, 1987.

lui aux États-Unis, le détenait-il entre les mains ? Et dans ce cas l'ouvrage avait-il été dérobé à la Sächsische Landesbibliothek par un membre de la famille Boettischer, ou celle-ci l'avait-elle récupéré en seconde main ? Ce serait plutôt mon hypothèse, car ce vol est pour moi l'œuvre d'un érudit voulant être le seul à posséder, avec l'intention d'en faire usage, le texte manuscrit que contenait l'ouvrage. La famille Boettischer a cru détenir un exemplaire rare d'un ouvrage de Bruno, le dérobeur lui s'intéressait au texte d'Hennequin dont les Boettischer ne se sont jamais soucié ; comment ce volume s'est-il retrouvé en leur possession sté-rile restera de toute façon un mystère.

Ou bien Sturlese a raison et le volume a disparu suite aux bombardements de Dresde, mais avait été subtilisé juste auparavant. Là encore, le problème du cheminement jus-qu'à la bibliothèque du grand-père d'Ingrid risque de ne jamais recevoir de réponse.

Enfin, peu m'importait le passé de ce livre, il m'apparte-nait et j'avais devant moi un travail de décryptage puis de traduction dont je ne savais pas alors qu'il m'occuperait trois longues décennies. Par chance, j'avais pris soin d'entretenir au cours de mes études le latin acquis durant les dix années passées chez les bons pères. J'ai étudié l'œuvre et la tragique existence de Bruno avec minutie et imaginé une édition bilingue, accompagnée d'un important appareil critique. J'ai finalement abandonné cette idée pour des raisons éco-nomiques mais aussi de lisibilité. Car le texte de Hennequin est le récit d'un fait divers, certes extraordinaire, mais d'un fait divers, et il serait dommage que le lecteur soit distrait par de l'érudition inutile. J'ai donc décidé de garder par-devers moi l'appareil critique qui m'a coûté tant de recherches.

Je devine les remous que cette publication provoquera dans le petit monde des spécialistes de Bruno, les Aquilecchia, Ordine, Hersant, Levergeois et autres Ciliberto. J'ai l'intention de léguer un jour ce volume à la BN afin que chacun puisse en avoir le cœur net, mais seulement dans quelques années. Disons que, par pur égoïsme d'érudit amateur, je m'en réserve l'exclusivité encore quelque temps.

Les événements dramatiques relatés par Hennequin figurent bien entendu dans le *Journal* de Pierre de l'Estoile aux dates du 10 et du 19 décembre 1582. J'en cite deux passages curieusement absents de l'édition Lefèvre (Gallimard, 1945) alors qu'ils figuraient dans l'édition de Lemerre de 1875. J'ai cherché dans ma traduction à conserver un peu de la saveur originale du latin de Hennequin. Je me suis refusé à un lissage trop brutal de sa langue du XVIe siècle, en espérant que le résultat ne heurterait pas l'œil – ou plutôt l'oreille – des lecteurs d'un siècle habitué à un français plus policé.

CANDELAIO
COMEDIA DEL BRV-
NO NOLANO ACHADEMI-
co di nulla Achademia; detto il fa-
stidito.

IN TRISTITIA HILA-
ris : in Hilaritate tristis.

IN PARIGGI,
Appresso Guglelmo Giuliano. Al
segno de l'Amicitia.
M.D.LXXXII.

I

Moi, Jean Hennequin, maître ès arts, j'entreprends, ce 3 avril 1583, de rapporter certains événements advenus au dernier décembre à Paris et qui impressionnèrent fort les esprits. Plusieurs faits connus de moi seul intéresseront peut-être les lecteurs à venir. Je voudrais aussi contribuer à mieux connaître mon maître Giordano Bruno, parti hier pour l'Angleterre, me laissant orphelin d'esprit et d'amitié. Les voyages sont périlleux, la Manche perfide, Londres – à ce qui est dit – hostile aux étrangers et mon maître d'une rare imprudence, quand ce n'est pas d'une insigne maladresse, qui me fait craindre ne le revoir jamais. Alors autant écrire tout cela tant que sa voix est bien présente à mon oreille et les événements en question vivants dans mon esprit.

Avant d'aborder le drame survenu en décembre, je trouve utile de préciser comment je fis connaissance de Bruno et comment notre amitié s'accointa.

C'est dans la boutique de Gilles Gourbin, libraire à l'enseigne de l'Espérance, rue Saint-Jean-de-Latran, que j'appris un jour de janvier 1582 la présence à Paris d'un philosophe italien, défroqué de son état: Giordano Bruno. Les typographes de Gourbin étaient justement en train de composer un ouvrage de lui à paraître: *De umbris idearum,* dont on me montra quelques passages. Fra Giordano arrivait de Toulouse où il avait enseigné la philosophie d'Aristote et la cosmologie. Il donnait au collège Coqueret une série de leçons sur saint Thomas.

Je m'y rendis dès le lendemain. Un vent glacial balayait les rues désertées de la populace habituelle. Je revenais de Saint-Victor et me souvins avoir pensé place Maubert que seul l'hiver faisait mentir Érasme et son célèbre *oli ut cloaqua Mauberti* («puer comme l'égout de la place Maubert»). Rue Chartière je trouvai la salle en entresol, à droite au fond de la cour, où fra Giordano avait déjà commencé à parler. Une douzaine de personnes emmitouflées dans leur manteau l'écoutaient en tentant de lutter contre le froid. Le bois brûlant dans la cheminée semblait bien peu efficace. Il y avait là quelques étudiants en théologie que je connaissais de vue, des professeurs de Coqueret et d'autres collèges, et deux Italiens notables de Paris: Jacopo Corbinelli et Piero Del Bene, l'abbé de Belleville. Bruno m'apparut de taille médiocre, maigre comme un anchois, mais dressé de toute sa petitesse et les yeux brillant d'un feu intérieur. Son latin bruissait d'intonations italiennes, et lorsque Del Bene lui posa une question, il passa très rapidement à sa langue natale. Lui-même semblait ignorer le froid régnant; il lui arrivait de relever ses manches à la manière d'un forain et il semblait communiquer à son assemblée un peu de sa chaleur à mesure qu'il parlait. À l'écouter, il était évident pour moi non seulement qu'il avait une solide formation théologique, mais qu'il croyait à ce qu'il disait du plus profond de lui-même. Il se situait dans sa manière à mille lieux de mes professeurs du collège de Navarre.

La mode était alors à cette «méditation de l'œuvre», comme disait le regretté Ramus, qui se pratiquait avec neutralité et distance. Avec Bruno dans cette pièce glaciale mais où les auditeurs ne perdaient pas un mot, j'avais le sentiment d'être revenu quelques siècles en arrière, lorsque la théologie s'exerçait dans l'agitation de la *disputatio*. Les questions qui lui furent posées confirmèrent cette impression. Un sourire de gourmandise intellectuelle animait son visage tandis que son interlocuteur parlait, puis la réponse fusait, passionnée, subtile, souvent surprenante car n'hésitant pas devant une image audacieuse ou de la réalité carrément la plus vulgaire. J'avais devant moi un philosophe «humain», dont les paroles respectaient moins la rhétorique que la vérité dont il se sentait dépositaire. Enfin j'entendais une parole philosophique de chair! Je fus conquis et le suis resté. Dans l'année qui suivit et où nous fûmes si souvent ensemble, les faiblesses de mon maître, et philosophiques et de caractère, m'apparurent bien, mais elles n'ont fait que renforcer mon affection et mon respect pour lui. Humain était le discours, humain en était l'auteur.

Un autre élément me frappa dès le premier jour: la prodigieuse mémoire de Bruno. Il parlait sans note aucune, citait de longs passages de Thomas sans jamais consulter le texte et, même interrompu, reprenait toujours son raisonnement là exactement où il l'avait laissé. Le roi Henri III que la question mnémotechnique intéressait l'apprit sans doute par Corbinelli qui était son lecteur d'italien. Il se fit présenter Bruno afin de comprendre si sa mémoire prodigieuse relevait de la magie ou de la science. Il n'est pas encore temps pour moi de rapporter cette entrevue qui ne fut pas sans conséquence sur le séjour parisien de mon maître. Je revins le lendemain au collège, puis à la leçon suivante, et encore à la suivante, et encore et encore jusqu'à la dernière. Malgré le froid de l'hiver qui ne faiblissait pas, le nombre d'auditeurs ne cessa d'augmenter jusqu'à atteindre la cinquantaine et faire paraître la vaste salle trop exiguë.

C'est un après-midi de février, et alors que le cycle de leçons était achevé depuis quelques jours, que je rencontrai Bruno pour la première fois en tête-à-tête. Assis dans un coin de l'atelier de Gourbin, il était en train de corriger les premières compositions de son *De umbris idearum*. Il me reconnut comme un de ses auditeurs de Coqueret, le plus silencieux de ses auditeurs, et s'adressa à moi en français.

– Vous fréquentez donc tous les mauvais lieux !

– Les mêmes que vous.

– Oui mais après onze années dans un couvent, j'ai beaucoup d'excuses, alors que vous n'avez rien d'un moinillon. Quel âge avez-vous ?

– Vingt et un ans.

– Ah ! Ah ! À peine du poil au menton et déjà à fréquenter librairies et bibliothèques, car Cotin à qui je vous ai décrit m'a dit que vous étiez un habitué de Saint-Victor. Vous vous appelez Jean Hennequin, votre père est maître des requêtes et président des comptes et vous êtes maître en philosophie depuis quelques mois. Alors pourquoi les bibliothèques plutôt que les cabarets, les leçons d'un dominicain errant plutôt que les bras accueillants de certain bordeaux ?

– L'un n'empêche pas l'autre. Et peut-être même au contraire.

– Oui, très bien, c'est comme cela que j'aurais procédé si ma destinée avait été autre.

– Mais vous-même qui ne portez plus l'habit, qu'est-ce qui vous en empêche?

– Oui, tu as raison, mais l'habit je le porte à l'intérieur de moi-même et le porterai sans doute jusqu'à mon dernier souffle. Je ne suis pas sorti de l'observance en quête d'une licence effrénée, mais pour garder ma liberté de philosophe. J'estime les péchés de la chair moindres que les autres, car relevant de la nature et pour ainsi dire proches du péché véniel, mais je n'ai pas déserté mon ordre pour les plaisirs du siècle. Je me suis fait chasser pour avoir refusé le mensonge et avoir réclamé le droit au doute. C'est différent. En tout cas n'oublie jamais, comme il est dit dans *L'Ecclésiaste*: «Qui augmente sa sagesse, augmente sa douleur.»

Son français était naturel et précis, mais comme le latin de ses leçons marqué d'un fort accent.

– Vous corrigez vous-même la composition de votre livre?

– Ah mais c'est que je suis aussi typographe. C'est d'ailleurs ce qui m'a permis de subsister lorsque j'ai séjourné quelques mois à Genève chez ces ânes de calvinistes.

– Pourquoi des ânes?

– J'ai publié la liste des erreurs faites en un seul cours sur Aristote par un de leurs soi-disant professeurs de philosophie, Antoine de la Faye. Il y en avait vingt.

– Et que vous ont-ils répondu?

– Ils ne m'ont pas répondu, ils m'ont condamné.

Et j'ai alors fait ce que l'on fait lorsque l'on a affaire à plus fort que soi et que le sujet est secondaire : amende honorable. Mais cela n'a pas effacé les vingt erreurs de cet âne de la Faye. Il ne faut pas confondre l'expression de la vérité et la vérité elle-même. On peut étouffer son expression mais la vérité, elle, finit toujours par triompher. Et puis cela m'a appris une chose fort utile.

— Laquelle ?

— Que les deux se valent.

— Les deux quoi ?

— Il vaut mieux pour toi que je ne précise pas. Mais disons que toutes les inquisitions se valent qui condamnent au nom d'une vérité dont elles n'ont cure. Derrière leurs motivations pseudo-théologiques se dissimulent en fait leur goût du pouvoir et la volonté d'imposer leur ordre. Et ils ont la prétention avec tout cela de maîtriser le chaos. Quel orgueil ridicule !

Puis il se tut et posa son regard sur la feuille à laquelle il travaillait à mon arrivée. Je le saluai et m'en allai.

Le lendemain matin, je rencontrai Guillaume Cotin, le bibliothécaire de Saint-Victor, et l'entrepris sur ce singulier philosophe italien.

— Oui, il lui arrive de venir consulter certains de nos ouvrages. Il s'intéresse à une foultitude de sujets et a des opinions originales sur chacun. Mais il méprise beaucoup trop de docteurs, de Cajetan et Pico della Mirandola à Cujas et Passerat. C'est curieux que tu me parles de lui.

— J'ai assisté à ses leçons de Coqueret et l'ai rencontré hier chez Gourbin.

– Lui-même m'a questionné sur toi et quelques autres de ses habitués. Méfie-toi, c'est un homme étrange, d'esprit vif mais il semble avoir besoin d'ennemis pour trouver l'énergie de penser. C'est un système imprudent qui pourrait faire son malheur. Notre époque de troubles est dangereuse pour les originaux, et il sera broyé.

Depuis lors, j'ai pensé à de nombreuses reprises à ces paroles de Cotin. C'est même une sorte de basse continue qui a souvent accompagné la musique plus animée de mes conversations avec Bruno. Après notre première rencontre chez Gourbin, nous nous croisâmes souvent de hasard. L'immensité du territoire parisien et la foule d'individus qui la parcourt sans arrêt, à ne pouvoir parfois franchir le pont Notre-Dame ou traverser la rue Saint-Denis, n'empêchent pas de rencontrer au moindre déplacement des personnes de connaissance. Même si, comme me le dit Bruno, il y a tant d'étrangers à Paris que l'on s'y sent moins étranger qu'ailleurs. Malgré son étendue, Paris n'est qu'un agrégat de quartiers, fréquentés chacun par une population bien spécifique. Ainsi qui fait commerce ou travail de justice ou courtisan du roi ou clerc de l'université se heurte forcément à ses semblables. Je logeais à l'époque dans l'hôtel de mon père, rue des Cordeliers, et passais ma dernière année parisienne à parcourir le Quartier latin et ses collèges, à fréquenter Saint-Victor et sa bibliothèque, la rue Saint-Jacques et ses libraires, le Palais de justice et ses étals de livres. C'étaient des lieux que Bruno visitait quand il sortait de son logis de Saint-Jean-de-Latran. Nous nous retrouvions donc dans le modeste auditoire de leçons au collège de Tréguier ou du Cardinal Lemoine ou à nous heurter dans la presse du pont Saint-Michel ou de quelque ruelle du quartier Maubert. Il allait toujours seul, vêtu d'une robe de serge noire, l'hiver à peine protégé du froid par un casaquin de velours sombre usé par les années, comme perdu dans une conversation avec lui-même dont il sortait à peine en vous reconnaissant, pour immédiatement, et sans faire le moindre effort de civilité, vous y faire participer. Puis à un moment de la discussion, il se taisait, semblait s'en retourner au fond de lui-même et quittait en vous saluant de léger. Évidemment nous ne fixions jamais de nous revoir.

C'est à la suite d'une rencontre à la bibliothèque Saint-Victor que nos conversations se modifièrent. Jusque-là, je m'étais contenté de lui renvoyer la balle par mes questions, mais conformément à nos situations respectives de maître et d'élève, il ne m'interrogeait guère. Ce jour-là, me trouvant plongé dans les *Emblemata* d'Alciat, il sortit de la bibliothèque en même temps que moi, m'invita à nous asseoir dans les jardins de l'abbaye et me questionna sur ce que je savais de la symbolique des *imprese*. C'était ce système d'association d'images et d'épigrammes qui l'intéressait. Non pas qu'il ignorât le sujet, mais je compris que c'était le centre de ses réflexions du moment, et qu'il cherchait toujours à préciser ses idées en les confrontant à celles des autres.

Discuter avec quelqu'un lui permettait d'éprouver ses arguments. Bruno n'est pas un homme d'exposé, il a besoin de réparties, c'est un philosophe de dialogue. Une phrase le caractérise que je pus lire quelques jours plus tard dans l'exemplaire qu'il m'offrit de son *De umbris idearum*: «Il ne peut y avoir en fait d'ordre où il n'y a pas diversité.» Je me souviens parfaitement de la tonalité de cet après-midi de fin mars où les rayons du soleil ne parvenaient pas à réchauffer la température, mais inondaient d'une luminosité pleine de joie les arbres et les plantes encore figés dans leur torpeur d'hiver. J'étais flatté bien sûr que pour la première fois, découvrant que je ne m'intéressais pas seulement à saint Thomas et à Aristote, il me prêtât l'oreille. La soudaine fraîcheur du soir nous chassa de l'abbaye et nous repassâmes la porte Saint-Victor. Nous continuâmes à parler mais arrivés à la rue des Noyers il se tut comme s'il avait déjà rejoint la solitude de sa soirée. Au départ de la rue de Latran où nos chemins se séparaient, il me posa une question sans lien apparent avec notre conversation :

– As-tu assisté à la représentation du Ballet comique de la reine au mois d'octobre ? Je suis arrivé à Paris quelques jours plus tard.

– Oui, par chance et grâce à mon père. Ce fut chose rare que cet assemblage, cinq heures durant, de musiques, ballets, belles poésies et machines de théâtre. Il y avait une grande foule et chacun fut ravi.

– Oui oui, je sais, les Italiens ont le goût du spectacle. Mais ce n'est pas ce qui m'intéresse. Je voudrais que tu me dises ce que tu as pensé de l'argument de la défaite de Circé et de la victoire de Jupiter. J'ai lu le livret de Belgioso mais toi qui étais présent et qui connais la mythologie, comment l'as-tu ressenti ? Viens me voir demain après-midi chez moi et nous en parlerons. Je loge au Drap d'or.

Le lendemain, le fragile temps printanier de la veille s'était rafraîchi et le ciel était couvert. Lorsque j'arrivai à la maison à l'enseigne du Drap d'or, quelques gouttes commençaient même à tomber. Bruno occupait les deux pièces du troisième étage. Il était assis à sa table, adossé à la cheminée où quelques bûches se consumaient difficilement. Lui d'ordinaire si peu embarrassé de civilité se montra un hôte prévenant. Il arrangea son feu et, le ciel s'étant encore assombri, alluma deux chandelles. Il m'avança une chaise et me servit un gobelet d'eau qu'il teinta de vin.

– Je ne buvais du vin que par exception mais j'ai été tellement malade lors de mes premières semaines parisiennes que j'ai pris cette habitude. Comment pouvez-vous survivre à l'eau que vous buvez ?

– En fait seuls les étrangers à Paris sont touchés. Les habitants eux sont comme mithridatisés. Enfin il y a eau et eau, il ne faut pas l'acheter à n'importe quel porteur. Certains par commodité se servent directement dans la Seine.

– Oui je sais, j'ai appris cela. D'ailleurs je vais mieux. Mais que Paris est sale ! Cette pestilence, cette boue dans toutes les rues. Et puis quelle idée d'élever des lapins, de la volaille ou des cochons en pleine ville !

– C'est en principe interdit, ce qui en France ne signifie pas grand-chose.

Dehors les vannes célestes s'étaient ouvertes et l'on entendait d'inquiétants roulements de tonnerre, tandis que s'abattait sur la ville une grosse pluie qui avait au moins pour vertu de nettoyer les ruelles descendant la montagne Sainte-Geneviève.

– Je vous ai apporté l'ouvrage de Ruscelli pour compléter notre conversation sur Alciat.

– Oui, merci, je l'avais consulté à la bibliothèque

Saint-Marc lors de mon passage à Venise, mais ne l'ai retrouvé ni à Saint-Victor ni à Toulouse.

– En fait hier après-midi nous avons parlé des *Emblemata* mais vous ne m'avez pas dit pourquoi cet intérêt. Quel est le rapport avec les questions mnémotechniques de votre *De umbris idearum*?

– C'est pour un autre ouvrage, mais il y a tout de même un lien. Le *De umbris* que Gourbin aura bientôt imprimé sera dédié au roi Henri. Del Bene et Corbinelli lui ont parlé de mes leçons à Coqueret et le roi m'a fait appeler il y a quelques jours pour me demander si la mémoire que j'enseigne est naturelle ou d'un art magique. Je lui ai donné satisfaction et avec ce que je lui ai dit, il a compris que c'était par science et non par magie. Je lui ai dédié mon *De umbris* et il m'a été dit que le roi ne laissait jamais une dédicace sans réponse. Or la deuxième partie du livre que j'achève parle aussi de mnémotechnique, sous un angle différent, et renforcera j'espère mes chances de faveur royale.

– En quoi les Emblèmes interviennent-elles dans votre propos?

– Je donne un certain nombre d'exemples d'images facilitant la remémoration. C'est-à-dire que là où Alciat relie une épigramme et une figure pour faire idée, je fais de même pour la mémoire. Notre discussion d'hier m'a aidé à sélectionner certains de mes exemples. Je voudrais par là prolonger les travaux des frères Romberg et Rosselli.

– Pourquoi frères?

– Parce que ce sont des encapuchonnés, des dominicains si tu préfères. N'oublie pas que nous sommes l'*Ordo praedicarum*, et l'art sermonneur ne peut se passer de la mémoire. Je suis entré dans l'Ordre parce que qui veut se consacrer au savoir y a toutes facilités pour cela. Or sans mémoire pas de savoir. Comme le disait Marcus Tullius: «La mémoire est la salle au trésor de toutes les choses.» Donc l'Ordre a toute une tradition depuis saint Thomas et Albert le Grand. Simplement j'y ai ajouté Pierre de Ravenne et Raymond Lulle et surtout je l'ai faite mienne car pour moi l'*ars memorandi* est la possibilité unique d'atteindre à l'autre monde.

– Et comment se fait le lien entre images et idées?

– Il s'agit de mettre en relation des *subjecta*, c'est-à-dire les sujets des formes imaginables, et les *objecta* qui sont des images. Ainsi de la balance pour la justice, de l'épée pour Mars ou du pressoir pour l'automne. En donnant cette liste d'exemples pratiques et en expliquant ma manière de procéder, on comprendra comment cela fonctionne et qu'il s'agit de science et non pas de magie. Et puis tu es trop jeune pour cela, mais tu ressentiras un jour après avoir beaucoup étudié le besoin d'ajouter ta pierre à l'édifice. Sans doute par vanité, mais aussi pour payer un peu de sa dette à tout le savoir qui nous a précédé et dont on a bénéficié.

– Et pourquoi ne pas avoir intégré ce développement pratique à votre *De umbris*?

– Alors là c'est très simple, par faiblesse humaine. Ce n'était pas encore au point et j'avais hâte comme tous les auteurs de tenir en main le produit de mon travail, quitte à ce qu'il ne soit pas complet.

– Et votre question d'hier sur le spectacle des Noces d'Anne de Joyeuse, l'archimignon du roi?

– En fait, comme je te l'ai dit, je connais l'argument

par le livret de Belgioso. Del Bene et Corbinelli m'en ont aussi parlé car ils ont participé à sa conception mais j'ai envie d'entendre un spectateur qui en entrant au Petit Bourbon ne savait rien de ce qu'il allait découvrir.

– Le spectacle m'a semblé prodigieux. J'ai vu quelquefois des ballets à la cour et parfois accompagné mon père au concert de l'académie de De Baïf au collège de Boncour. D'ailleurs mon père invite fréquemment des musiciens à jouer chez lui, et Ronsard et Jodelle lisent leurs derniers poèmes quand ils sont d'un souper. Enfin, j'adore les pièces des Gelosi que le roi Henri a fait venir à Paris il y a quelque deux ou trois ans. Simplement je n'avais jamais assisté à un spectacle qui organise le tout ensemble et avec, de plus, un décor de conte de merveille peint par Patin et des effets d'artifices étonnants de machines de théâtre. Ce fut chose incroyable qui bouleversa et le roi et la Cour et toute l'assistance.

– Et l'argument du spectacle?

– Après qu'une note de hautbois reprise par les cornets et les saqueboutes eut sonné, on vit un gentilhomme sortir en courant du jardin de Circé. Il avait l'air effrayé et on comprit que la magicienne qui siégeait au centre l'avait attiré dans ses jardins et retenu captif. Il venait en fait supplier Henri de combattre la sorcière, qui avait transformé des hommes en tigres, lions, cerfs, chiens ou porcs, de mettre fin à ses maléfices. Celle-ci apparut furieuse, puis durant des heures et en un grand tumulte mit à mal naïades, nymphes, driades, satyres et même Mercure qui se retrouva pétrifié. Puis Minerve, c'est-à-dire la reine Louise, s'en mêla, et Jupiter, c'est-à-dire le roi Henri, descendit du ciel sur son aigle et fit tonner ses foudres, ce qui mit fin au désordre. Chacun comprit que Circé représentait les réformés qui sont des enragés et préfèrent leurs idées à la souffrance du peuple, et que seul le roi peut éloigner de nous vices et guerres et nous sauver du chaos. Les papistes ne peuvent supporter que le roi fasse la moindre concession à ceux qui sont tout de même ses sujets et parfois ses parents. Et chacun de détester Henri de ne pas les préférer. Et derrière, il y a les grandes maisons du royaume qui tentent d'en profiter, et l'Espagne que tout ce désordre arrange bien. La faiblesse de la France lui permet d'avoir les mains libres dans les Flandres et de ne pas être gênée dans sa lutte contre l'Angleterre. À la fin du spectacle, la reine Louise a remis une médaille d'or au roi, où il y avait un dauphin qui nageait dans la mer car encore faut-il pour que le chaos cesse que le roi ait enfin un héritier.

— Mais tout cela t'intéresse.

— Cela fait des années que j'assiste à des conversations entre mon père et ses frères qui se méfient des ambitions de la maison de Lorraine et qui ont soutenu Michel de l'Hospital contre leur oncle, Pierre, le président Hennequin, mort il y a quatre ou cinq ans, et qui fut, avec le lieutenant du Châtelet, La Bruyère, l'un des principaux artisans de la Ligue de Péronne à Paris. Donc l'assemblée a bien compris que Circé qui transforme les humains en animaux représente la folie de la religion, ou bien le calcul politique le plus froid qui en prend les apparences. Et que seul peut en triompher Jupiter, c'est-à-dire le roi.

— Je connais la folie des réformés pour m'y être frotté et ne supporte que la foi leur suffise et qu'ils

34

considèrent comme inutiles à leur salut les bonnes œuvres. Je connais aussi la lâcheté des mœurs, la bêtise crasse, la Sainte Ignorance de notre religion romaine. Le grand de Rotterdam avait tout vu il y a plus de soixante et dix ans et personne ne l'a écouté. Maintenant le remède semble pire que le mal ! Comme le dit votre Ronsard :

> *Brûler maison, piller et brigader,*
> *Tuer, assassiner par force commande*
> *N'obéir plus aux rois, amasser des armées,*
> *Appelez-vous cela Église Réformée ?*

« D'ailleurs les huguenots ne veulent pas plus la vérité que leurs adversaires, ils veulent imposer leur règle une et unique et que leur ordre règne. Or la vérité n'est que diversité et confrontation, ce qui dérange tout système organisé. Je me suis affronté aux uns à Naples et à Rome, aux autres à Genève et j'ai fui Toulouse.

– Pourquoi en fait avez-vous quitté ?

– Parce que j'ai pressenti les troubles à venir dans la région, et que la guerre est la pire ennemie du philosophe. Durant des siècles, il a patiemment et avec difficulté échafaudé des systèmes devant aider l'homme à sortir de sa bestialité, et soudain cette fragile construction vole en éclats. Des trésors de nuances, de subtilités de raisonnement, de concepts soigneusement mirés, d'idées développées de la plus grande prudence, se retrouvent dans l'instant jetés à bas, foulés au pied, brisés en morceaux, réduits en poudre. D'ailleurs, as-tu remarqué dans les guerres les premières victimes sont

35

toujours les modérés, les non-engagés, c'est-à-dire ceux qui sont les plus proches des philosophes. Alors que les autres sont protégés par leur camp, les modérés eux se retrouvent comme tout nus, pris entre les deux feux. Pareils au philosophe à qui on demande de répondre, le couteau sous la gorge, par un rudimentaire « oui ou non » là où il faudrait d'infinis et balancés développements.

Bruno dans l'émotion de ses paroles s'était levé et parlait en marchant de long en travers de sa chambre, appuyant ses propos de gestes de colère indignée.

– La guerre c'est la simplification extrême, tu peux blesser, transpercer, égorger sans regret puisque cela te vient d'un ordre supérieur et qu'en plus il te faut tuer pour ne pas l'être toi-même. Et puis tu évites la corvée des nuances, l'autre n'est plus un père, un mari, un ami, un honnête, peut-être là contre son gré, il est un anonyme à canceller en toute quiétude d'âme. Et l'homme de se vautrer dans la fange de sa bêtise originelle d'où le philosophe s'évertue en vain depuis des siècles à l'extirper. Adieu Saturne et ses humeurs débilitantes, finis les désespoirs d'amour, oubliée la contrainte des règles civiles, plus d'interdit mais l'ivresse de pouvoir légitimement faire souffrir son prochain, le mutiler, lui arracher la vie, s'emparer de ses biens, contraindre les femmes de violence et contre leur gré pour son propre plaisir encore meilleur et même les tuer ensuite pour que disparaisse sa honte. N'est-ce pas le paradis sur terre ? Et tu voudrais que je donne tort à Circé, mais c'est une sainte, nous lui devons respect de la profondeur de son entendement. J'ajoute que si faire la guerre dans un intérêt matériel et personnel est déjà grande pitié mais d'une certaine logique bestiale, y mêler Dieu relève carrément de l'absurde. Et alors que Dieu n'est jamais que ce que l'homme en fait. Regarde comment s'opposent et diffèrent juifs, chrétiens et mahométans qui ont la même Écriture entre les mains. Et les sectes qui pullulent dans chacune de ces religions car se disputant, toujours à partir de la même Écriture ! Il vaut mieux laisser la religion à sa place au service de la société pour son meilleur fonctionnement et pour mieux aider à la «civile conversation». Ce n'est jamais qu'un *instrumentum regenti.*

– C'est pour cela que vous êtes devenu Genevois ?

– Et que je serai anglican chez Elisabeth et luthérien en Germanie. Et de plus, les calvinistes m'ont excommunié ! Je ne suis pas théologien, mais philosophe, et pour le vrai philosophe toute terre est patrie. Je m'adapte facilement au système que les différentes sociétés organisent autour de Dieu, beaucoup moins à la manière dont elles ne respectent pas l'être humain et bafouent la vérité. La plupart de leurs dogmes ne résistent pas un instant à une approche vraiment philosophique. La loi et la religion ont été créées pour les hommes, non pour les dieux. En fait pour être tout à fait franc aucune religion ne me plaît vraiment et je voudrais me faire le fondateur d'une secte : la Nouvelle Philosophie.

– C'est vivre dangereusement que de penser ainsi.

Les éclairs qui de temps en temps paraissaient vouloir faire voler en éclats la lucarne de sa chambre, la lueur du feu qui rebondissait quand, après avoir remis de l'ordre dans les bûches à demi consumées, Bruno en ajoutait de nouvelles, donnaient à notre conversation une tonalité inquiétante. Tant de bûchers s'étaient allumés en Europe depuis vingt ans, tant de livres avaient brûlé, de chairs avaient grésillé dans une odeur d'encens. Et tout cela parce que l'homme ne peut vivre sans croire et a de plus le furieux besoin d'empêcher les autres de croire différemment.

— Voilà pourquoi je suis à Paris. L'Inquisition a déjà gagné la partie en Italie et en Espagne, les réformés à Genève et dans les États germaniques septentrionaux, seul le roi Henri s'oppose aux extrémistes et refuse de choisir entre les deux camps. Nous sommes lui et moi dans la même situation. Même si nos palais ne se ressemblent pas – il dit cela en jetant un regard circulaire sur sa chambre qui tenait plus de la cellule monacale que d'un intérieur princier –, nous avons tous deux encore le souci de la nuance et de la précision. Ne m'a-t-on pas dit que le Valois réunissait son Académie au Louvre après souper pour débattre des vertus morales et intellectuelles? Ce roi n'est-il pas un roi philosophe?

— Et vous un philosophe roi?

— Ah, moque-toi, mais en quelque sorte oui, car je ne dépends de personne. Je suis seul, sans appui, désargenté mais je pense comme je l'entends. Je n'ai aucune ambition de pouvoir ou de richesse terrestre et ne veux exercer que la profession de philosophe. La philosophie n'est-elle pas la voie autonome du sage vers la divinité, distincte de la religion destinée au peuple? Quelque part n'y a-t-il pas du souverain à cela? Mais nous nous sommes éloignés de notre sujet. La conversation est la plus merveilleuse et agréable manière de penser, c'est aussi la plus prompte à nous échapper. Tu

38

relâches un peu les rênes et elle n'en fait qu'à sa guise. Revenons à la terrible magicienne Circé.

La nuit était maintenant tombée, les orages s'étaient éloignés. La rue sortait du silence où la pluie l'avait plongée. Avec le bruit des sabots, les roues des chariots, la colère d'un piéton à l'encontre d'un muletier maladroit, l'atmosphère semblait redevenir réelle.

– Tous ces ânes savent si parfaitement où se situent le bien et le mal alors que j'ai moi-même tant de difficultés à m'y retrouver, en fait ils ne rêvent que du confort et de la paresse d'un système univoque, alors que j'adore les grains de sable. Je n'ai d'ailleurs aucun mérite, je ne peux voir une chose sans l'imaginer contraire. Ainsi de Circé qui m'apparaît, figure-toi, comme un personnage bénéfique animé des meilleures intentions à l'égard de la gent humaine. D'ailleurs mon prochain ouvrage a pour titre : *Cantus Circaeus.*

– Mais enfin c'est une sorcière qui réduit les hommes à l'état de bêtes sauvages !

– Ne le sont-ils pas déjà ? Ne se contente-t-elle pas de leur donner l'apparence de ce qu'ils sont vraiment ? Elle les met en conformité avec eux-mêmes, elle tire conséquence de leur attitude et s'évertue à les rendre inoffensifs.

– En quoi puisqu'elle les transforme en bêtes sauvages ?

– En les privant de la langue et de la main, elle les prive de leur redoutable capacité humaine de nuisance. Le plus sauvage des animaux n'a que l'intelligence de son instinct, il est donc prévisible et avec un peu de méthode facile à vaincre. Le plus abruti des bipèdes pouvant parler et tenir un couteau dans la main est capable d'initiatives que tu ne pourras jamais prévenir. Qui t'attend le soir dans une encoignure de porte pour te couper la gorge, un animal ou un sicaire? Sais-tu si l'homme que tu croises dans une ruelle ne va pas t'assommer sans raison? Le serpent, lui, ne te pique que s'il se sent menacé, le loup a un territoire qu'il faut respecter et le chien grogne, incapable de masquer ses intentions à ton égard. Non, les animaux ne sont pas dangereux et Circé est une bienfaitrice de l'humanité qui, loin de dégrader les humains, rétablit l'ordre de la nature, ou plutôt corrige ses erreurs, en transformant en pourceaux, chiens ou chameaux des êtres vils, menteurs, avares, vaniteux et autres bavards creux et ânes philosophiques. Le titre de mon premier livre était *L'Arche de Noé,* tu vois que j'ai de la suite dans les idées.

Nous nous quittâmes peu après, et le soir même je consignai les principaux passages de notre conversation. Nous nous rencontrâmes à moult occasions dans les mois qui suivirent et toujours pour discuter de la question qui l'habitait à ce moment et que sans doute il était en train de rédiger.

Après la parution de son *De umbris,* sa position devint plus confortable. Il reçut une pension du roi qui le nomma «lecteur extraordinaire et provisoire» au Collège Royal. Bruno donnait ses leçons au collège de Cambrai où on lui proposa de loger, mais il préféra garder ses deux pièces du Drap d'or, sans doute par souci d'autonomie. Il se nourrissait de peu dans sa chambre, et à l'occasion dans l'une des nombreuses gargotes à étudiants du voisinage.

Nous eûmes durant le printemps et l'été d'innombrables entretiens. Lorsque la saison le permit nous marchions hors de Paris. Nous allions au château de Bicêtre ou bien au village de Gentilly, fréquenté naguère par les étudiants de Coqueret, et jusqu'à Arcueil et sa fontaine froide comme le marbre chantée par Dorat: là, comme ses disciples, nous mettions à la fraîche une bouteille qui égayait nos entretiens. J'ai noté la teneur de la plupart de nos échanges, que j'éditerai un jour pour bien faire comprendre la richesse et la liberté d'esprit du Nolain. Je n'étais bien entendu pas le seul de ses interlocuteurs, mais je crois pouvoir affirmer avoir été le plus constant et le plus de confiance. Il en vint assez vite à se départir avec moi de la prudente méfiance qui était la sienne, celle des gens qui ont été souvent trahis. Son *Cantus Circaeus* parut durant l'été et, début décembre, ce livre surprenant, car de vraie littérature en langue vulgaire: le *Candelaio*. Il me souvient très bien que ce fut au lendemain du jour où il m'en offrit un des premiers exemplaires imprimés qu'eurent lieu les événements que j'ai l'intention de rapporter ici.

II

Nous avions rendez-vous chez Bruno pour le déjeuner, mais en arrivant rue de Latran je trouvai le voisinage en agitation. Il habitait donc à l'enseigne du Drap d'or où ses logeurs, les Robillard, maîtres drapiers, vendaient du drap d'argent et de soie, du velours de Gênes et de Valence, des damas, taffetas, tabis, camelots et sarges rouges cramoisies et encore toutes espèces de crespes, passements, rubans, coutures, frangés, pennes, tissures et autres ouvrages de fil d'or, d'argent ou de soie. De petits groupes étaient en discussion et les Robillard, contrairement à leur habitude, se tenaient non pas derrière leur étal, fermé en ce dimanche, mais dans la rue à s'entretenir avec passants et voisins sortant de la messe.

Madame Robillard était une grosse femme mamelue et fessue que l'on aurait mieux imaginée tenir commerce de charcuteries ou de fromages que de draps fins et velours. À part cela excellente femme et merveilleuse cuisinière, talent dont Bruno profitait largement. Attristée par sa maigreur, madame Robillard avait fait de son épanouissement physique un défi personnel. Et elle ne manquait pas une occasion de lui faire monter quelque brouet de volaille, héricot de mouton ou blanc-manger de chapon. Peut-être aussi essayait-elle de prendre revanche de son mari Guillaume, petit homme mince et vif auquel la bonne chère ne semblait devoir ajouter une once de graisse. Il n'avait pas son pareil pour faire tâter un drap de soie de Florence ou un camelot de Venise, flatter en l'étalant sur son comptoir un velours de Lucques, mesurer rubans et franges et couper la canetille d'un geste précis. Ce couple étrange avait engendré la plus jolie jeune fille qu'il m'avait été donné de rencontrer lors de mes pérégrinations dans le Quartier latin : Guillemette, seize ou dix-sept ans, le nez retroussé, la bouche rieuse et les yeux verts. Elle était aussi mince que son père, mais on pouvait craindre à certains traits communs avec sa mère que d'ici une vingtaine d'années elle ne lui ressemble encore plus. Enfin ce n'était pas demain et pour l'instant je m'arrangeais pour la rencontrer lors de mes visites à Bruno et j'adorais voir ses yeux se baisser et ses joues s'empourprer à la plus innocente de mes remarques ou au plus banal compliment. Mais ce matin-là Guillemette était invisible et c'est madame Robillard qui m'apostropha.

– Ah ! Monsieur Jean ! Vous êtes au courant ?

– Non, de quoi ?

– Du meurtre, ou plutôt de la tuerie de la maison du Coq, vous savez, le libraire Heucqueville. Toute la famille, femme, enfants, servante, bébé, égorgés cette nuit. Huit personnes, si ce n'est pas un malheur !

– Et on a arrêté les meurtriers ?

– Rien, comme d'habitude ! Paraît qu'on a aperçu deux hommes sortant de la maison vers minuit. Et comme les deux domestiques de Heucqueville ont disparu, on pense que c'est eux.

Elle poussa un soupir où se mêlaient effroi et fatalisme et me laissa à son mari pour apprendre l'incroyable chose à un nouvel arrivant.

« *Année 1582 – le samedi 10 de décembre advint dans la maison du Coq, rue Saint-Jean-de-Latran, un affreux massacre. Le libraire Nicolas Heucqueville fut tué durant la nuit et aussi son épouse, sa sœur, ses deux garçons et son nouveau-né et la nourrice d'icelui et aussi son père Guillaume Heucqueville naguère orfèvre du Pont-au-Change, par certains hommes armés d'épées et de dagues que personne ne vit. Et c'est chose grandement déplorable en ce malheureux siècle de voir les maisons d'honnestes gens baignées de sang innocent. Et court le bruit que les-dits hommes armés et masqués étaient les valets de la maison qui d'aucuns ne furent plus vus depuis lors. Et il est pensé que ce fut par vol ou encore ayant tenté paillarder avec la jeune épouse du sieur Nicolas qui était veuf de sa première et l'avait mariée jeunette de vingt ans il y a onze mois et déjà comme pressé par sa faiblesse à venir lui avait fait un enfant qui fut égorgé aussi tôt que baptisé. Quelque désastre régnait cette année sur les valets comme dévoués et acharnés à tuer et à voler leurs maîtres tellement que c'étaient trois en moins de six semaines tués à Paris par leur valet. Et ce jour la famille entière Heucqueville et le sieur Guillaume de quatre-vingts ans ou environ et l'enfançon de un mois. Chose rare et mémorable.* »

Pierre de l'Estoile, *Mémoires-journaux*, Paris, Librairie des Bibliophiles et Lemerre, 1875, 12 vol. in 8°.

Je ne m'attardai pas et montai chez Bruno.

– Quel barouf!

– Oui. Depuis toujours l'homme étripe son semblable mais bien entendu huit morts au bout de la rue troublent plus que cent mille victimes des Ottomans ou d'un satrape perse.

– La rumeur publique paraît porter soupçon aux domestiques.

– Bof! Le sens commun n'est pas le plus vrai.

– Vous semblez sceptique. Cela s'est pourtant vu récemment et à plusieurs reprises ces derniers mois.

– Pour moi il y a une différence entre assassiner son maître pour le voler ou la femme de celui-ci pour s'être refusée, et tuer aussi la servante, le vieux père et un nouveau-né à peine baptisé. Il y a quelque chose qui cloche. Il y a en tout cela un aspect «massacre des innocents», une note de folie qui ne va pas. Mais enfin, une fois encore, je ne sais rien que les bruits de la rue ce matin. Je connais les deux valets, des Vincennois, pour les avoir côtoyés à la table d'hôte du Pied de cochon, et je ne les vois pas agir ainsi. Pour cela il faudrait qu'ils soient devenus fous et on l'est rarement à deux au même moment, ou qu'ils aient un motif précis de haïr. Mais on ne fait pas cela pour quelques dizaines d'écus et alors que l'on sait devoir être immédiatement soupçonné.

– Alors qui?

– Diable, comment veux-tu que je sache! Une enquête criminelle, c'est comme un discours philosophique, ça ne s'improvise pas *ex nihilo*. Cela demande un raisonnement et donc il faut connaître les choses en détail et dans toutes leurs nuances. Souviens-toi de Suzanne. C'est par un détail que Daniel l'a sauvée des accusations des vieillards. Alors il faut comprendre la logique des faits, mettre les contradictions au jour, remonter l'histoire de chacun et trouver un système à tout cela. Et puis un massacre n'est jamais un événement spontané. Par exemple, qui étaient les Heucqueville? Je suis entré à quelques reprises dans la boutique mais n'y ai rencontré que les commis et les fils, jamais Nicolas. Et que leur a-t-on volé? Et d'ailleurs y a-t-il eu réellement vol? Alors tu penses bien que je ne me risquerai pas à la moindre hypothèse sans en savoir beaucoup plus. *Primum sapere deinde philosophare.* On ne peut être bon enquêteur ou bon juge si l'on ne s'est préalablement informé de l'affaire.

« Et aussi Paris est une ville dangereuse, trop d'hommes, trop de pauvres, trop de riches, trop de miséreux, trop de meurtres chaque nuit. Et puis dix ans n'ont pas suffi à effacer les taches de sang qui ont pénétré le cœur des pierres. Et les milliasses de litres charriés par la Seine n'ont pas effacé des esprits les centaines de cadavres qui y ont été jetés.

– Vous parlez d'août 72.

– Bien sûr, connais-tu beaucoup de villes où les habitants se sont entretués par milliers? Et non pas en luttant contre des envahisseurs ou des barbares, non, entre gens parlant la même langue, croyant au même Dieu mais pas de la même manière. Ils se sont tués de cousin à cousin, de proches à parents, croisés dans une ruelle le jour précédent et salués le matin même peut-être avec conversation sur la chaleur étouffante ou le prix du pain et avec vieillards et enfants et femmes enceintes. Les gens croient pouvoir oublier rapidement le dérèglement des temps mais les pierres qui ont servi au sacrifice se souviennent bien plus longtemps. Comme l'a écrit Cicéron: *Quamquam id quidem infinitum est in hac urbe: quaecumque ingredimur in alia historia vestigium ponimus,* ou si tu préfères: «Aucune fin dans cette ville: où que nous allions, nous mettons les pieds sur les traces d'une autre histoire.»

«Je me suis rendu à quelques prêches et j'y ai entendu les mêmes prônes de sang et de carnage envers les parpaillots, tendant à persuader les fidèles que les fléaux dont la France est victime sont dus à la colère de Dieu. Toutes ces paroles de haine au nom d'un Dieu de bonté! Et penses-tu que les réformés aient oublié! Cette ville croit qu'elle est guérie, mais elle ne l'est pas!

– Quel rapport avec le massacre de cette nuit?

– A priori aucun, mais il suffit de passer quelques semaines ici pour sentir combien la violence de mort est partout présente. Et j'espère qu'Henri parviendra enfin à engrosser sa reine. Je n'ose imaginer ce qui se passerait si son gibbeux de frère mourait et si, lui sans descendant, le Béarnais se retrouvait héritier du trône. Et la Justice, regarde avec quelle facilité elle ordonne de supplicier ou de mettre à mort. En septembre n'a-t-elle pas condamné à être pendu et étranglé en place de Grève le jeune Tanart pour avoir fait un enfant à la fille du président Bailly? Et que le peuple scandalisé a par son tumulte fait délivrer. Ce qui n'empêchera pas la même foule de se presser demain aux derniers instants d'un condamné à la roue pour entendre ses hurlements de souffrance et tenter d'apercevoir le masque de la mort sur son visage. Comment cette ville d'université, cette magistrature organisée, ces acheteurs de livres, ces amateurs de poésie et de ballets gracieux peuvent-ils faire aussi peu de cas des seules choses qui comptent vraiment: la souffrance et la vie humaine? Tu avoueras qu'il y a de quoi s'interroger sur deux mille ans de tradition philosophique et sur près de seize siècles d'Église romaine et de message d'amour du Christ. Mais nous n'y changerons rien, en tout cas pas aujourd'hui, allons donc manger.

Nous passâmes devant la maison du Coq dont deux archers interdisaient l'entrée aux badauds venus voir de leurs yeux la maison du crime. Il nous fut dit qu'à l'intérieur le lieutenant du Châtelet Dagron relevait tous les détails avant que les cadavres ne soient enlevés pour le cimetière.

Le Petit Cluny était pris d'assaut et nous eûmes du mal à nous asseoir à une table. Bien entendu la maison du Coq était de toutes les conversations. Et chacun y allait de son commentaire sur les dangers de l'époque, les mœurs de barbares et «que fait le guet?». La rumeur penchant toujours au plus simple, la culpabilité des valets ne faisait de doute pour personne. Seul le mobile différait. Pour certains le vol sordide expliquait tout, pour d'autres il s'agissait d'une vengeance sur la jeune épousée qui, après avoir aguiché des mâles plus en rapport avec son âge, les avait brutalement repoussés. Mais aussi quelle imprudence des hommes âgés de marier qui pourrait être leur fille! Pour d'autres encore, les deux motifs s'entremêlaient et expliquaient curieusement le carnage.

À la table voisine de la nôtre, deux archers du guet déjeunaient. Nous les entendions évoquer des «cruautés insolites», mais lorsqu'un domestique du collège Tréguier les questionna, ils refusèrent d'en déclarer plus.

Pour tout dire, nous eûmes du mal à reprendre le cours beaucoup plus éthéré de nos conversations habituelles, et j'interrogeais mon maître sur les grandes villes qu'il avait visitées. Je compris que les quinze ans qu'il avait passés dans la violence de Naples le prévenaient de la dangereuse frénésie parisienne. Pour lui, la violence était inhérente au rassemblement de la multitude en un même lieu et à l'anonymat de la foule.

– Le village ou la petite cité ne sont pas à l'abri de la violence, mais elle est plus personnalisée, moins effrayante de hasard. Seule Venise est relativement sûre, parce qu'il est difficile de s'enfuir une fois le crime commis ! L'homme est un loup pour l'homme, et je ne suis ni soldat payé pour me battre, ni magistrat pour rendre la soi-disant justice, ni docteur pour atténuer les douleurs du corps, ni encore moine pour implorer la gratitude divine. Je suis philosophe et mon rôle est de travailler à la perfection de l'univers, mais cela réclame de ne pas s'arrêter à la surface des choses et de plonger dans leur profondeur afin d'en rapporter quelques vérités utiles aujourd'hui ou dans quelques siècles ! Encore faut-il ne pas être submergé par les bélîtres théologues et y succomber, ce qui a failli m'arriver à Naples, puis à Genève, et que j'ai pressenti une fois encore à Toulouse il y a quelques mois.

Pour mon maître, la foule n'était pas seulement dangereuse par son fauve mais ennemie de la pensée laquelle aspire à s'élever jusqu'à la lumière d'en haut et méprise nos agitations, et donc invite à se détourner de la multitude. « De la multitude, ajouta-t-il, il n'est jamais rien sorti de précieux ni de digne ; c'est toujours chez un petit nombre que l'on trouve des choses qui ont de la perfection et de la valeur. » Cela ne l'empêchait pas d'avoir toujours de grands égards pour les plus humbles, mais lui faisait chaque fois qu'il était possible choisir la solitude.

Puis il me raconta avoir été convié quelques mois auparavant à certaines séances de l'Académie du Palais qui se réunissait deux fois par semaine au Louvre dans les appartements privés du roi et sous sa présidence, pour y discuter philosophie, rhétorique, poésie ou même questions naturelles ou cosmologie. À l'occasion de l'une d'entre elles, il disputa notamment avec Desportes d'un sujet qui lui était cher : la légitime colère. J'imagine que c'était en présence des habitués de l'Académie : Ronsard, Jamyn, Pontus de Thyard, Du Perron, Faur du Pibrac, Del Bene, Corbinelli. Et aussi Mesdames de Retz et de Lignerolle que le roi respecte grandement pour leurs savoir et sagesse. J'ai toujours regretté de n'avoir point assisté à ces réunions. Il m'aurait plu de voir mon maître s'emporter d'un juste courroux contre les aristotéliciens bornés, les pyrrhoniens stériles, les grammairiens pédants et autres esprits rigides, sans oublier ceux qui passent leur vie en considérations sur le poil de chèvre ou l'ombre de l'âne. Mon maître n'est-il pas l'illustration vivante de ce que la colère peut avoir de légitime et les fureurs d'héroïque ! Lors d'une autre séance, il fut question de la prééminence des vertus morales ou des vertus intellectuelles et Bruno me confia avoir été le seul avec Ronsard à privilégier les morales.

Le temps vif de décembre rendait plus accueillante encore la salle basse du Petit Cluny, et le vin descendait d'abondance dans les gosiers. L'atmosphère s'échauffait et qui réclamait que l'on mène tous les vagabonds au Châtelet et qui voulait que l'on expulse les Italiens de la cour venus pressurer le peuple d'impôts, certains regrettaient même que la première Saint-Barthélemy n'eût pas suffi! D'aucuns s'en prenaient aux bourgeois et d'autres aux mignons du roi. En définitive, seuls les clercs et les domestiques qui constituaient la quasi-totalité des convives échappaient à cette exécration universelle!

Nos écuelles essuyées, nous sortîmes de la taverne et convînmes de nous revoir le lendemain.

Je passai l'après-midi à préparer mes bagages pour Orléans où il était accordé avec mon père qu'après une année à baguenauder dans la philosophie et les arts, j'irais entreprendre mes études de droit pour plus tard reprendre l'office familial au Parlement. Mon père et mes oncles avaient de même fait leurs humanités avant d'étudier le droit et exercer leur magistrature. Pour eux, il était évident qu'un magistrat sans culture était à dépriser. La bibliothèque de mon père contenait plus de cinq cents volumes, il avait fréquenté l'académie de de Baïf avec qui il avait suivi les cours de Dorat. Et lorsque Ronsard et Jodelle lisaient leurs œuvres après dîner, ils insistaient pour qu'il lût à son tour un sonnet de sa plume, ce qu'il faisait après maintes résistances et en s'excusant de son amateurisme. Je crois que tout cela donnait de l'humain et du recul à leur office et qu'ils nourrissaient quelque mépris pour leurs collègues qui n'étaient que juristes. J'avais bien entendu pour ambition une fois magistrat de faire plus que des sonnets. Les fils croient toujours qu'ils surpasseront leur père, et même s'ils se trompent, c'est ainsi que le monde avance.

En arrivant à la maison du Drap d'or, le lendemain dans la matinée, et n'apercevant pas Guillemette, j'évitai les Robillard, devinant qu'il ne serait question que de la tuerie de l'avant-hier. Je grimpai à tâtons l'escalier, comme toujours dans l'obscurité, et frappai à la chambre de mon maître. J'entendais au travers de la porte le murmure d'une conversation que mon arrivée interrompit. Un jeune homme drôlement vêtu, à l'allure gauche, le front haut et bombé, se tenait debout face à Bruno. La conversation reprit en latin et Bruno me présenta ce William qui arrivait de Londres et ne parlait ni français, ni italien. Il s'apprêtait à partir et nous nous dîmes au revoir presque sitôt après avoir fait connaissance.

— Il m'est envoyé par John Florio, le tuteur italien des jeunes filles de Mauvissière, votre ministre à Londres, et avec lequel j'ai plusieurs connaissances communes. C'est étrange mais ce William tout jeune est marié de fraîche date, une quinzaine de jours, et encore plus curieusement c'est à cause de son mariage qu'il se trouve à Paris.

— En voyage de découverte avec sa jeune épousée ?

— Point du tout, il a laissé celle-ci chez ses parents dans sa petite ville au nord de Londres, et par ailleurs elle est bien plus âgée que lui. Seulement elle est venue enceinte et les mœurs puritaines ne plaisantent pas avec cela. Le voilà donc à dix-huit ans marié avec une femme de vingt-six et bientôt père de famille et en butte à l'opprobre de tous. Bien qu'il ne m'en ait rien dit, il se demande si Anne, la dame en question, n'a pas profité de son innocence pour mettre fin à un célibat déjà trop prolongé. La cérémonie à peine expédiée, la future installée dans sa famille, il a donc filé à Londres comme s'il se sentait pris aux pattes. Et puis la distance étant encore à risque et l'occasion s'offrant de découvrir l'étranger, le voilà à Paris. Il dit n'être intéressé que par le théâtre, mais enfin il faudra bien qu'il y retourne. D'ailleurs il en convient et demande juste un répit. Je le comprends.

Bruno se taisait, l'air pensif. Puis ajouta:

– Il est fils de boucher.

– Qu'est-ce à dire?

– Tu ne peux pas comprendre parce que tu es né de magistrat avec bibliothèque et goût des choses de l'esprit. Et ton père et ton grand-père sans doute. Jusqu'à ton aïeul lointain qui le premier a décidé que vivre n'était pas seulement pousser sa paire de bœufs du matin au soir, tous les jours de la semaine et toutes les saisons de l'année, et année après année. Ou qu'il suffisait de faire du commerce, de gagner des écus, d'honorer sa femme, de se remplir la panse en regardant sa marmaille pousser pour faire son devoir de vivant. C'est cet aïeul-là qui a cassé la ligne du destin et permis que tu sois qui tu es. Et donc il m'interroge toujours de voir un fils de boucher qui pourrait continuer à prospérer dans la voie de son père se risquer dans l'aventure du théâtre.

En fait je compris que cela le ramenait à des pensées de sa propre vie et je rajoutai: «Ou de la philosophie?»

Et, pour la première fois, je l'interrogeai sur son enfance.

– Que faisait votre père?

– Mon père était soldat dans une compagnie aux ordres du vice-roi. Lorsque j'ai quitté Naples il avait le grade de porte-étendard. Il faisait la guerre et n'était jamais là. J'ai donc vécu avec ma mère Flausilia qui s'efforçait de faire face toute seule aux rudesses de la vie. Ma mère était triste, j'étais seul et m'ennuyais terriblement. Je trouvais les jeux des garçons de mon âge stupides et souvent cruels. On m'a mis à l'étude chez un prêtre, Dom Gian Domenico Iannello et voilà comment le destin change son cours. Au début il s'agit d'apprendre à compter, à lire et écrire et un peu de latin, et à la fin malgré les mauvais professeurs, les grammairiens bornés, les pédagogues stupides, on se retrouve avec le savoir comme inoculé et l'impossibilité à vie d'en guérir.

– Et après le prêtre de Nola?

– Il y a eu l'école, puis l'université de Naples, mais je te parlerai de cela un autre jour. Cette visite m'a fait penser à cette étincelle, à cette envie d'échapper à la lignée familiale par le biais du théâtre pour lui, de la philosophie pour moi. De même que William refuse de prendre la suite de son père et de regarder grossir le ventre de sa femme, puis de se réjouir de la naissance d'un héritier ou d'une héritière, tout en travaillant à accroître le bien familial et d'acquérir une plus grande demeure et d'avoir d'autres enfants et d'être nommé bailli de son village et d'obtenir d'autres honneurs et de vieillir et de se réjouir de ses petits-enfants et avant de s'endormir à jamais, il préfère donner spectacle et tâcher de <u>fouailler</u> l'âme humaine. Avec le risque d'être médiocre s'il s'arrête en chemin ou d'atteindre le point qui donne froid dans le dos s'il va jusqu'au bout. Enfin en tout cas c'est comme cela dans la philosophie. Drôle de choix, non, quand on y pense?

– Mais s'agit-il vraiment d'un choix?

– Non, tu as raison, on ne choisit pas vraiment, sans cela la sagesse eût bien entendu été de rester à Nola à écouter les cigales dans l'odeur des foins coupés et à se réjouir des fêtes de vendanges aux pieds du mont Cicala et des lèvres si fraîches de mes cousines Laodamia et Giulia. Mais à quoi bon refaire ce qui a été, il y a deux mille ans comme il y a mille ans comme il y a cinq cents ans, avant d'aller engraisser la terre du cimetière de San Giovanni del Cesco? L'homme a été chassé du paradis pour avoir goûté à la pomme de la connaissance, et il n'a plus connu le repos et il a dû travailler, se vêtir et assumer la lucidité de sa finitude. Voilà pourquoi je signe mes livres Bruno le Nolain. Il ne faut pas renier être de quelque part même si y retourner innocent est impossible. Mais alors il faut aller jusqu'au bout et j'ai trouvé au couvent une médiocrité de pensée qui m'a poussé à la défroque. Je veux bien avoir laissé le paradis mais pas pour les infernaux paluds de la fausse pensée. C'était le sujet de ma conversation avec William avant que tu n'arrives.

Je dois avouer un pincement au cœur de jalousie que cet Anglais ait, à sa première rencontre avec mon maître, abordé un sujet jusque-là absent de nos conversations. Mais je me raisonnai et appliquai un remède brunien à ma légère irritation: être un Hennequin avait des avantages, il fallait bien que cela comporte aussi quelques inconvénients. William et Bruno avaient une parenté à laquelle je ne pouvais rien et *basta così*!

Le mardi, lorsque j'arrivai en fin de matin chez Bruno, il marchait de long en large dans sa chambre et semblait encore plus nerveux qu'à l'habitude.

– Vous semblez préoccupé.

– Il est impossible aux philosophes de ne vivre que dans les idées, la vie réelle les rattrape sans cesse. Et c'est peut-être mieux ainsi, et si je ne l'avais pas voulu, je n'avais qu'à demeurer tranquillement hors du siècle dans mon couvent.

– Qu'est-il arrivé?

– Je suis dans la tuerie du Coq jusqu'au cou!

– Comment est-ce possible?

– Eh bien avant-hier soir les deux valets sont revenus la fleur aux dents. Ils ont été immédiatement arrêtés et il fut évident au bout de quelques heures qu'ils étaient dans leur village avec leurs belles et y passèrent la soirée du samedi à danser et la nuit on sait trop bien à quoi, et la journée du dimanche à paresser avant de s'en retourner. Dès qu'on leur mit la main dessus, ils furent interrogés séparément, et leurs réponses correspondaient parfaitement. Et comme si cela n'avait pas suffi, des archers ont été envoyés hier matin sur place qui ont recueilli les témoignages et sont revenus dans l'après-midi. Les deux valets sont bien partis avec l'accord d'Heucqueville faire la fête avec deux coquines, puis avec icelles ont fait d'autres fêtes d'où ils se réveillèrent fort tard et fatigués, et furent vus à déjeuner à l'auberge de Fontenay-sous-Bois et revinrent, comme convenu avec leur patron, dimanche au soir. Leur surprise devant les événements n'était point feinte. Ils ont eu de la chance que pour une fois on les ait interrogés avant de les pendre! En tout cas il faut trouver d'autres coupables.

– Vous l'aviez bien dit! Mais au fait, pourquoi êtes-vous au courant de tout cela?

– Parce que je suis italien. Figure-toi qu'après cette déconvenue, le commissaire du Châtelet, Dagron, a bien vu qu'il allait falloir réfléchir. Il a donc rassemblé tous les éléments insolites qu'il avait découverts, et ils sont nombreux, et il a commencé par ceux qu'il ne comprenait pas.

– Je ne vous suis pas.

– Eh bien ce massacre est comme tous les massacres: une affaire complexe. Je ne sais pas tout et je suis persuadé que l'on m'a celé certains détails mais le vieil Heucqueville par exemple a été crucifié sur la porte de la salle du premier étage et on a fini par lui enfoncer un poignard dans le fondement. Et le bébé n'a pas été égorgé comme les autres mais assommé contre le mur jusqu'à ce qu'il meure. Et enfin, ce qui explique ma science, on a retrouvé deux inscriptions en italien. On a donc cherché un traducteur et comme j'étais l'Italien le plus proche, hier soir après ton départ on est venu me quérir. On m'a ouvert la maison du malheur, fort heureusement débarrassée de ses cadavres, et demandé de traduire. Pour me mettre dans l'ambiance il a bien fallu me donner quelques renseignements, même si on ne m'a pas laissé monter dans la pièce du haut où tous les Heucqueville ont été tués. Car curieusement, seule la nourrice a été tuée au rez-de-chaussée, et les sept autres au premier étage. Voilà pourquoi je suis si bien renseigné!

– Et vous a-t-on demandé autre chose que de traduire?

– Non, bien sûr, mais moi je me le suis demandé. D'autant plus que Dagron, pour un policier, est un homme plutôt sympathique. D'abord il a respecté l'innocence des valets, alors qu'elle va diantrement compliquer sa tâche, et puis il est d'un commerce agréable. En France comme en Italie, un lieutenant peut avoir lu Pétrarque, même traduit par De la Forge! N'est-ce pas merveille?

– Et ces inscriptions en italien?

– La première très simple dans son énoncé mais écrite sur le mur avec du sang. Tu vois, un doigt trempé dans du sang que l'on vient de faire couler. Ce n'est tout de même pas banal. Et quel dommage que l'on ne puisse distinguer un sang d'un autre, et savoir duquel le meurtrier s'est servi pour cet étrange exercice d'écriture. Je suis sûr que cela aiderait à y voir plus clair de savoir s'il s'agit du sang de Heucqueville lui-même, de sa femme, de ses enfants, de sa sœur ou de son père. Et quel dommage aussi que l'on ne puisse reconnaître la signature d'un doigt. As-tu remarqué comme leurs marques, si on les observe attentivement, diffèrent de l'un à l'autre, et d'une personne à une autre? Donc sur le mur était, paraît-il, écrit *Ricordi Leone,* c'est-à-dire «Souviens-toi du lion».

– Et alors?

– Alors rien. Je n'ai même pas vu l'inscription qui est dans la salle du premier étage où l'on ne m'a pas convié. J'ai traduit et c'est tout. J'ai simplement fait remarquer que cela incitait à chercher le contexte donnant sens à ce qui en tant que tel n'en a pas.

– C'est-à-dire?

– C'est-à-dire rassembler tout ce que l'on peut trouver sur la famille Heucqueville pour trouver un lien avec la phrase, qui ne peut pas ne pas être importantissime. Les meurtriers de huit personnes trempent un doigt dans le sang d'une des victimes et écrivent deux mots sur un mur. C'est sûrement capital, mais pour le moment indéchiffrable. Dagron en a convenu. Je te redis, c'est un homme intelligent, mais je n'ai aucune idée de sa méthode. Tout ce que je sais, c'est qu'il a préféré se compliquer la vie en respectant l'innocence de deux coupables idéaux. C'est donc quelqu'un qui croit à la vérité.

– Et la deuxième inscription?

– Plus longue et plus facile. Inscrite sur un papier paraît-il laissé sur la table et que l'on m'a montré. *Che s'approccia la riviera del sangue in la qual bolle qual che per violenza in altrui noccia,* que l'on traduit par : «Car s'approche la rivière de sang dans laquelle bout quiconque par violence a nui à autrui».

– Cette fois c'est assez simple.

– Oui, apparemment, c'est d'ailleurs ce qu'a dit Dagron, et pourtant pas tant que cela.

– Pourquoi?

– Parce que certes la vengeance est bien signifiée, mais d'abord les Heucqueville étaient libraires et non pas spadassins. À part à la bonne ordonnance d'un texte latin ou à l'intelligence des lecteurs, à qui ont-ils bien pu faire violence? Et ensuite parce qu'il s'agit d'une citation... de Dante, *L'Enfer*. Je ne l'ai pas retrouvé sur le moment, mais après réflexion, et ce sont bien deux vers du chant XII. Que déduire de tout cela?

Beaucoup de choses. D'abord que c'est un massacre de lettrés, cultivés et sachant écrire. Et j'aurais tendance à dire italiens, même si un Français de culture, lisant l'italien, a pu facilement écrire les deux premiers mots et connaître la citation de Dante. Mais pourquoi dans ce cas-là déguiser sa langue naturelle, puisque ce n'est même pas pour se faire passer pour un autre. Car avec toute cette mise en scène, pour moi c'est écrit par un Italien et il s'agit d'une vendetta. Deux hommes, car il se confirme qu'ils étaient bien deux, ont voulu se venger de la famille Heucqueville en l'effaçant de la surface de la Terre, et que cela se sache et se voie. Et ils ont voulu déclarer que c'était un crime italien. J'ajoute, détail qui a son importance, que rien apparemment n'a été volé. Le coffre de Heucqueville était intact, de même que son gousset dans les chausses et on n'a même pas ôté ses bracelets et son collier à sa femme. Là aussi les meurtriers n'ont aucunement tenté de faire accroire un crime de voleur. Il s'agit d'une vengeance, et la faire bien ressentir comme telle en fait partie intégrale.

— Sont-ce vos déductions ou celles de Dagron ?

— Les miennes, que je livrerai bien entendu au lieutenant s'il me fait l'honneur de me les demander. Tu sais, un crime est comme un texte philosophique, ça s'étudie sérieusement. Il faut retourner aux sources, démonter sa mécanique, le mettre à la question, et respecter sa cohérence. C'est ce que je vais faire avec ce massacre. J'ai envie de comprendre, peut-être parce qu'il s'agit d'un crime de lettré italien, un confrère en quelque sorte !

— Et comment allez-vous procéder ?

– Je vais d'abord me renseigner sur les Heucqueville, et tu vas m'aider. Au fait, que sais-tu d'eux?

– L'autre jour, pas grand-chose, mais hier j'ai fait quelques librairies de la rue de Jouy et j'ai appris que Nicolas est établi dans la maison du Coq depuis plus de vingt ans, qu'il était marié à une demoiselle Huguelin dont il a eu deux enfants et qui est morte à son deuxième. Qu'il s'est remarié il y a un an avec la fille d'un autre libraire, Gilette Sevestre, âgée seulement de dix-sept ans, ce qui à l'habitude a fait jaser et se moquer tout le voisinage. Nicolas avait bonne réputation et comme homme et comme libraire. Ses fils commençaient à travailler avec lui. Sa femme était tout à fait mignonne mais et commerçants et voisins la trouvaient bien fière pour son jeune âge.

– Ah! Pas mal! Mais rien que je n'aie appris par moi-même. Et le père?

– Je ne me suis pas renseigné sur lui.

– Eh bien, j'ai quelques lieues d'avance sur toi. Bien sûr, tu ne pouvais pas savoir la manière très particulière dont les meurtriers l'ont accommodé. Ce père donc était orfèvre, il avait une boutique sur le Pont-au-Change, qu'il a vendue il y a sept ou huit ans pour s'installer chez son fils.

– Avait-il d'autres enfants?

– Seulement une fille, Jeanne, qui s'est occupée des enfants de Nicolas quand il a perdu sa première épouse.

– Donc les meurtriers ont crucifié le père, égorgé ses deux enfants, sa bru et ses trois petits enfants, et ce faisant ont effacé toute cette branche des Heucqueville.

– Ah, tu commences à comprendre. Tu vois qu'au-delà de l'apparent désordre se dessinent quelques lignes-forces. Et je te rappelle que la servante a été tuée au rez-de-chaussée. La salle du haut a été réservée aux Heucqueville de sang ou d'alliance pour la jeune dame. C'est devenu une chambre-autel expiatoire. Mais tu viens de souligner la constatation la plus évidente : on a éradiqué de la façon la plus définitive une lignée d'Heucqueville. On sait à peu près de quelle manière, même si me manquent un certain nombre de détails qui ont leur importance : dans quel ordre, de quel moyen exact, avec quelle autre incongruité remarquable, etc. Maintenant, reste à savoir pourquoi. Et pour cela il faut trouver un fil à tirer. Comme on ne sait lequel, on va procéder par élimination. Laissons donc de côté la servante, qui n'a vraisemblablement eu que le tort de se trouver là au mauvais moment. Éliminons le bébé, assurément trop jeune pour avoir provoqué une telle haine. Nous avons encore Nicolas et sa femme, son père, sa sœur et ses deux fils. On va commencer par les plus jeunes. C'est avec l'âge que les secrets de famille sont enfouis au plus profond et donc les plus difficiles à déterrer. Allons d'abord à la terre fraîche : les deux fils et la jeune épousée. Et là j'ai nécessité de toi.

– Pourquoi ?

– Je suis étranger, cela s'entend dès que je prononce un mot de votre langue et à la moindre question sur ce sujet sensible on va me regarder de travers. Le bavardage anodin m'est de principe interdit. Pour toi c'est en revanche très facile. Les fils et l'épouse étaient beaucoup trop jeunes pour que tout désordre grave ne soit pas encore dans les esprits du quartier où ils ont toujours vécu. Si comme je le soupçonne leur existence est sans aspérités, l'opinion à leur sujet parfaitement lisse, il ne nous restera plus que le noyau dur de la famille : le père, le fils et Jeanne la fille. Donc tu vas te promener, tu enquerres et tâches à savoir si les deux fils étaient querelleurs, paillards ou coureurs de jupons, et si la petite Gilette était délurée ou a provoqué malgré elle une passion inextinguible sur laquelle son mariage aurait exercé comme un irrésistible appel d'air. Il suffit que tu te promènes dans le quartier, que tu amènes la conversation sur le sujet, ce qui en ce moment est beaucoup moins difficile que d'essayer de parler d'autre chose, et que tu laisses les commères se dégoiser. «Ah mon bon monsieur si ce n'est pas un malheur», «C'était une si brave petite. Je la vois encore accompagner sa mère au marché, et elle n'aura même pas profité de son bébé», ou encore, «Gentille mais effrontée, déjà petite elle regardait les hommes bien en face, ça devait se terminer comme ça». Enfin tu vois. Disons qu'en quelques heures tu auras une tendance générale, et nous aviserons selon.

Mon maître dut comprendre à mon air amusé que le voir appliquer son esprit de logique à une réalité très éloignée de ses hautes préoccupations habituelles n'était pas sans me surprendre. Je pris congé et descendant l'escalier l'entendis reprendre sa marche de long en large dans sa chambre.

Je passai l'après-midi dans les rues de Beauvais, des Carmes, des Noyers, du Plâtre et de la Parcheminerie, à flâner de boutiques en librairies, de puits en tavernes, où j'allai me réchauffer de temps en temps. Comme mon maître me l'avait prédit, ma tâche était aisée. Il me suffisait de laisser tomber à bon escient un profond «Quel malheur!» ou «Paris est devenue une Babylone», ou encore «Mais que fait le Châtelet?» pour que l'interpellé, après quelques lamentations générales du même ton qui étaient comme une sorte d'accorde- ✓ ment de nos instruments, n'en vienne immédiatement à me livrer son témoignage. Souvent insignifiant, il n'en participait pas moins à la rumeur avec ce qu'elle a de révélatrice. Parfois le dire était personnel et ajoutait une touche intéressante à mon enquête. Cela n'était pas d'un procédé logique à toute épreuve, mais aboutissait par une sorte de phénomène d'accumulation à une impression générale pouvant être prise en compte. À la fin de la journée, je connaissais globalement l'existence brève et assez terne des deux fils Heucqueville et de la jeune épousée. Piqué au jeu, je décidai d'outrepasser les limites de ma mission et interrogeai mon père sur les Heucqueville et notamment sur l'ancien orfèvre. Tout cela ne manquait pas d'intérêt. Le lendemain matin, assez fier de moi, j'arrivai tôt chez mon maître.

– À quoi vous êtes-vous occupé depuis hier?

– J'ai réfléchi mais sans aboutir à grand-chose. J'ai aussi rencontré le lieutenant dans la rue et nous avons bu ensemble.

– Et alors? Que vous a-t-il appris?

– Ah non, à toi d'abord, respecte un peu la hiérar- chie! Dans une enquête, c'est aussi indispensable que sur un champ de bataille! As-tu bien bavardé?

– Très bien et comme vous l'aviez prévu avec la plus grande facilité.

Il prit l'air modeste de celui à qui l'expérience de la

vie a donné un avantage réel mais tenant plus à son âge qu'à son mérite propre.

– Viens-en au fait. Des lourdauds ou des sauvageons, les deux fils ?

– Donc les gens ne demandent qu'à parler.

Malgré sa forte envie de savoir ce que j'avais appris, il ne put s'empêcher de faire preuve de sa connaissance des êtres.

– Bien sûr qu'ils ne demandent qu'à parler. Il suffit de se taire. Les gens ont peur du silence et ont le goût inlassable de parler d'eux. Et puis un massacre effraie et ils ne peuvent s'empêcher de penser que ça aurait pu leur arriver. Alors en parler, raconter, ça aide à exorciser, à chasser les épouvantes.

– Exactement, on a l'impression qu'en parler les protège.

– D'ailleurs peut-être que nous faisons de même en enquêtant. Alors, ces résultats ?

– Les frères d'abord. Rien de marquant. Élevés par leur tante, des études au collège Sainte-Barbe puis de timides débuts dans la boutique du père qu'ils ont accompagné à Francfort pour la première fois cet automne. Jamais d'ennuis avec le guet, pas d'horions, pas de cabaret, des fils modèles, obéissants et un peu falots, ayant toujours vécu dans l'ombre de leur père. Il m'étonnerait d'après tout ce que j'ai entendu qu'il y ait secret de ce côté-là, ils n'ont jamais quitté la maison du Coq et donc le quartier, et je n'ai pas perçu une seule voix discordante.

– Et la jeune femme ?

– Du même tonneau. Elle a grandi dans les jupes de sa mère. Et puis à peine en âge, un mariage arrangé entre son père et Heucqueville. On ne sait si la donzelle était enthousiaste ou résignée, mais pas le soupçon d'un galant sous roche. Et ensuite très fière d'être devenue une dame. Très madame Heucqueville, désagréable avec les servantes, hautaine avec les commerçants et les voisins. Tout de suite enceinte comme pour faire taire les mauvaises langues sur l'âge avancé de son mari. Embellie par le mariage et ce qui s'en est suivi.

– Oui, ça leur fait souvent ça.

– On est loin de votre Boccace. La jeune épousée déçue de la besogne de son barbon de mari, c'était peut-être à venir, mais encore trop tôt. Quant au dicton disant que l'amour rend fous les vieux et sages les jeunes, impossible de le vérifier.

– C'est pas mal. Il te manque un détail. Sa dot fut insignifiante, à peine symbolique. Heucqueville était demandeur et pressé pour des raisons évidentes de convoler avant qu'il ne fût trop tard. En fait de dot il s'est contenté de la jeunesse et de la joliesse rafraîchissante de la pucelle. Encore fallait-il pouvoir se le permettre. Il était donc riche et le père de la mariée Louis Sevestre faisait une affaire. Sans bourse délier il s'est allié avec un confrère, libraire juré, de beaucoup plus de poids que lui. À première vue la demoiselle était plutôt satisfaite de son sort et aucun motif sérieux, de ce côté, de vouloir s'en prendre aux Heucqueville avec une telle fureur. Restent donc le père et le fils.

– Et Jeanne, la sœur de Nicolas !

– Oui, tu as raison, mais sans espoir. Vieille fille, au physique ingrat, qui a tenu le ménage de son père jusqu'au veuvage de son frère où elle est venue s'occuper de ses fils et de sa maison. Tu vois, on n'a rien appris mais maintenant on peut concentrer nos recherches sur les deux hommes de la famille, le problème est beaucoup plus simple.

– Et votre conversation avec Dagron?

– Eh bien je lui ai dit que le message était de Dante et en échange il m'a appris l'histoire de la dot, ou plutôt l'absence de dot, et par là même que les Heucqueville étaient fort riches. Leur appartiendraient sept ou huit maisons du quartier avec les loyers qui vont avec. Et puis ils avaient des intérêts dans le commerce et la banque de Lyon d'où la famille était originaire.

– Qui était riche, le père ou le fils?

– Le père, mais le père ou le fils c'est la même chose quand l'un a plus de quatre-vingts ans et que l'autre n'a pas de frère.

– Donc riche et vivant sans ostentation rue de Latran.

– Oui, à la mode lyonnaise ou piémontaise chez nous.

– De l'argent, mais qui ne servait pas. À part cela, un train de maison aisé mais sans plus.

– On peut penser aussi que le père, et par éducation et du fait de son âge, était peu préoccupé de luxe, mais peut-être les choses auraient changé après sa mort; l'argent aurait vraiment appartenu à Nicolas et il aurait eu envie de combler ainsi sa trop jeune épousée. Il pouvait vendre quelques-uns de ses biens pour se faire construire un hôtel dans un quartier à la mode comme le Marais. Il pouvait aussi acheter des offices à ses enfants pour leur procurer plus prestigieux que d'être libraire-éditeur. En tout cas le père, lui, plaçait, mais ne tenait pas à ce que cela se voie.

– Justement, c'est au sujet du père que j'ai appris les choses les plus intéressantes.

– Que ne le dis-tu pas !

– Vous ne m'avez ni questionné ni vraiment mis à l'épreuve du silence.

– Bon, très bien. Je parle beaucoup. Quinze à zéro comme on dit à la longue paume. Mais viens-en au fait.

– Comprenant que la piste des enfants et de l'épouse allait être décevante, j'ai interrogé mon père sur les Heucqueville, et ce qu'il m'a raconté était fort d'intérêt. Guillaume, le père, était donc orfèvre de vieille famille lyonnaise. Il était venu exercer à Paris dans les années 40. Son activité était plutôt florissante mais sans plus. Et puis se produisirent les incidents d'août 72.

– Et en fait comment expliques-tu ce qui s'est passé le 24 août ? À l'époque, du fond de mon couvent, cela nous est apparu comme de justice divine. Plus tard à Genève et à Toulouse, j'ai compris qu'à son habitude Dieu avait usé pour sa justice terrestre d'appétits bien humains et allégrement massacrants.

– J'avais douze ans et mon père m'a interdit de sortir de la maison. Pour lui, magistrat, tout est humeur d'hommes plus que d'ordre divin, et il a tout de suite parlé de «peuple en folie». Le clergé était enragé du mariage de Margot et du Béarnais et avait soufflé à pleins poumons sur les braises. L'Espagnol avait graissé les Guise pour ajouter ce qu'il fallait de petit bois et l'arrogance des seigneurs protestants était grande. La ville a égaré ses esprits comme un devenu furieux tue tout ce qu'il rencontre.

– Et comment la mèche s'est-elle enflammée ?

– Le 22 août, c'est-à-dire quatre jours après la cérémonie du mariage, l'amiral Coligny, qui venait d'accompagner le roi jouer à la paume, s'en retournait

chez lui lorsque rue des Poulies il reçut une arquebusade. Il serait mort si dans le même instant il ne s'était
baissé pour ajuster son pied dans sa mule. Une balle lui
a enlevé l'index et l'autre lui a blessé le bras gauche
avant de se ficher dans l'os du coude.

– D'où venait le coup ?

– On ne sait qui a décidé de l'arquebusade contre
l'amiral, mais assurément pas la Médicis, qui avait tant
œuvré pour le mariage de Margot et d'Henri et pour
cela s'était mis à dos le parti des catholiques. Peut-être
les Guise qui détestaient l'amiral et jalousaient son
influence sur le roi Charles, ou les Espagnols qui crai-
gnaient qu'il ne décide le roi à intervenir dans les
Flandres. Ou peut-être les deux, les Guise complotant
et les ducats espagnols abreuvant l'effervescence. Ou
encore une vengeance privée comme elles se sont accu-
mulées en dix ans de troubles et qui en arrangeait
d'autres. La reine, Henri, les maréchaux de Tavanne et
de Retz et le garde des Sceaux Birague ont sans doute
craint la réaction des huguenots et l'avantage moral
que Coligny pouvait en tirer du roi. Or, intervenir dans
les Flandres, d'où une guerre contre les Espagnols,
dans l'état d'épuisement de la France, eût été folie. Et
puis l'occasion était trop belle de se débarrasser des
quelques dizaines de chefs de guerre protestants alors
présents à Paris. D'où l'assassinat de l'amiral dans son
lit vers les quatre heures de la nuit du samedi au
dimanche, jour de la Saint-Barthélemy. Puis, à l'aube,
des principaux chefs huguenots que l'on put joindre, à
l'exception de Henri de Navarre et de Condé, épargnés
parce que de sang royal. Et de Montgomery, Fontenay,
du Vidame de Chartres et quelques autres, qui,

prudemment, étaient restés loger faubourg Saint-Germain et eurent loisir de s'enfuir. Mon père pense que dans l'esprit des Valois cela aurait dû en rester là. C'était de chirurgie. Il s'agissait d'amputer le royaume de sa partie malade.

– Et que s'est-il passé pour que la folie de meurtre gagne toute la ville?

– Ce qu'ils n'avaient prévu, c'est que la populace s'enflammerait et transformerait la médecine limitée en massacre civil. Il faisait très chaud, la cérémonie de mariage sur le parvis de Notre-Dame en avait choqué nombre, la présence à Paris de tous ces seigneurs protestants paradant richement vêtus avait paru comme une provocation après toutes ces années de guerre. Et puis ces curés enragés, Boucher à Saint-Benoît, Pelletier à Saint-Jacques-de-la-Boucherie, Aubry à Saint-André-des-Arts et aussi Hamilton, Lincestre, Cueilly-Poncet, qui chaque dimanche dans leurs homélies de haine appelaient à la Sainte Croisade… C'étaient eux les allumettes des troubles et le feu se répandit dans tous les quartiers de Paris, comme à la première étincelle dans des broussailles bien sèches. Après avoir vainement appelé au calme, le roi est d'ailleurs resté durant trois jours prudemment enfermé au Louvre afin de n'être point obligé de constater l'insubordination de ses Parisiens. Mais derrière cette grande «lessive» de l'impureté, provoquée par le souci de faire reculer le Mal afin de pouvoir «estre de paradis jouyssans», se sont glissés pas mal de coups fourrés.

– Tu veux dire que derrière la croisade contre le Mal certains en ont tiré profit pour leur privé?

– Comme dans toute émeute s'affirmant légitime se

71

sont accomplis aussi un certain nombre de règlements de compte personnels, de vengeances tenaces et de crimes tout simplement crapuleux.

– Quel rapport avec le père Heucqueville?

–… et que les trois jours de «Vêpres parisiennes» ont vu se mélanger les deux genres. Pour certains c'était être huguenot que d'avoir de l'argent ou des héritiers affamés ou tout simplement des ennemis rancuniers. Ainsi du libraire Oudin Petit tué à l'instigation de son beau-frère Kerver en conflit avec lui sur un partage. Ou l'épouse du mercier Jean de Coulonge livrée par sa propre fille à des tueurs dont l'un était le mari secret. Et le marchand de draps Pierre Feret et sa femme tués par leurs neveux. Et la Ramée tué par des écoliers envoyés par son adversaire de Sorbonne le doyen Charpentier en désaccord de longtemps avec lui sur la philosophie d'Aristote et sur l'enseignement des mathématiques.

– Oui, toujours la même chose. Dès que les événements s'accélèrent, l'homme redevient en pire l'animal qu'il n'a jamais vraiment cessé d'être.

– Et bien entendu le Pont-au-Change, avec ses orfèvres, ses joailliers et ses marchands de pierres précieuses, était un nid opportun de luthériens d'occasion. Les boutiques furent pillées, les coffres vidés, l'or et les diamants emportés et les témoins occis. Dieu reconnaîtra peut-être les siens mais en attendant, certains s'y sont enrichis et la justice des hommes est impuissante à distinguer le cadavre d'un réformé authentique de celui d'un bon catholique dépouillé quant de ses biens que de la vie! Les désaccords théologiques ont parfois bon dos.

– Mais revenons-en au père Heucqueville. Qu'a-t-il en affaire de tout cela?

– Dès le déluge de sang tari, le sol à peine séché, les chuchotements, les bruits sur ce qui s'était passé dans l'obscurité bienvenue de ces nuits d'août, courtes mais intenses, ont commencé à se répandre. Certains faux, d'autres vrais, mais comment s'y retrouver? Et parmi, celui invérifiable que le père Heucqueville s'était débarrassé d'un confrère et avait fait main basse sur le contenu de sa boutique et de son atelier.

– Mais encore?

– Rien. Mon père ne se souvient d'aucun détail et par profession prend les rumeurs aux pincettes. Pour lui la rumeur est un fait, son bien-fondé en est un autre qu'il ignore. Simplement, quand je lui ai parlé de Heucqueville c'est la première idée qui lui est venue à l'esprit. Et lorsque vous-même avez dit qu'il fallait remonter les chemins du passé…

– Au moins cela fait une piste qui si elle se vérifie pourrait tout à fait avoir donné lieu à ce genre de vengeance. Enfin, et ce n'est peut-être qu'une coïncidence, les événements en question sont de dix ans juste.

– Et comment vérifier la rumeur?

– Là c'est plus difficile. La rumeur par définition est volatile et insaisissable. De plus, dix ans ont passé, les mémoires se sont effritées, les consciences ont transformé le déroulement des faits. Il faut donc retrouver des témoins fiables et consulter dans les archives du Châtelet les procès-verbaux et les rapports de police. Et là nous ne pouvons nous passer de Dagron et de ses sergents. Et puis lui aussi travaille et réfléchit de son côté,

73

c'est même sa fonction. Il faudrait donc avoir une conversation avec lui, pour voir s'il en est au même stade que nous. Si la rumeur a touché ton père, a fortiori un lieutenant au Châtelet; et comme c'est un esprit subtil, il agira avec industrie.

– Mon père a cinquante-huit ans et Dagron sans doute pas plus de trente-cinq, est-ce que la rumeur a perduré assez longtemps pour venir à ses oreilles?

– Il peut aussi comme toi s'être renseigné. Le mieux en tout cas est de le rencontrer.

Le lendemain matin, nous allâmes au marché Maubert. Nous avions en effet convenu qu'il était plus habile de le rencontrer d'aventure que de nous rendre à son domicile rue des Carmes, où il tenait police et recevait les plaintes du quartier. Déjà dans les rues avoisinantes de la place la presse était d'importance.

– Les Parisiens, me dit Bruno, sont toujours agités et toujours actifs. Leurs actions se succèdent avec tant de rapidité qu'ils commencent mille choses avant que d'en finir une.

Bien qu'il soit à Paris depuis plus d'un an, il y avait encore des annonces de marchands ambulants que dans le tumulte Bruno ne comprenait pas. Ainsi le «Ramona haut et bas» des petits Piémontais, le crieur à «la malle tache» ou les colporteurs «à deux liards mes chansons tant belles», que je lui expliquai du mieux que je pus.

Arrivés sur la place, il fut comme d'habitude émerveillé de la quantité et variété de nourritures à disposition, aux étals ou sur de simples charrettes à bras: volailles, lièvres, chevreaux, marcassins, fromage de

Brie ou d'Auvergne, beurre de Vanves, pain d'épices, pâtés chauds parisiens.

– C'est incroyable, quoique la population soit innombrable, rien ne manque et tout semble tomber du ciel. Même au Rialto, je n'ai vu un tel étalage de bonnes chères. C'est à se demander s'il y a assez de ventres pour engloutir tout cela.

Je sentais que lui, le frugal se nourrissant d'une olive ou d'un quignon de fromage sauf lorsque madame Robillard l'obligeait, n'était pas insensible à ce que ces odeurs, ces cris, tout ce tumulte contenait de vivant, au plus simple.

Au coin d'un étal, nous nous heurtâmes à William, l'Anglais rencontré chez Bruno. Bien que visiblement fort timide, c'est lui qui nous vit et nous aborda. Et là dans la foule, ils engagèrent une discussion sur le théâtre italien. L'Anglais qui voulait être acteur avait depuis son arrivée en France beaucoup entendu parler des troupes italiennes qui avaient joué à Paris ces dernières années. Et de citer Ganassa, Anton Maria, Soldini, Tabarino, Baptiste Lazaro et surtout I Gelosi, que notre roi aime tant qu'il les a spécialement commandés pour jouer devant lui. On avait chanté à William louange de leur drôlerie et vivacité et surtout de leur manière d'improvisation. Bruno qui les avait admirés à Venise opina. Puis il parla du *Candelaio* et mon maître lui dit que bien qu'intitulé « comédie » il ne pourrait sans doute jamais être joué sur scène. « C'est une pièce de philosophe et donc écrite pour être lue ». Puis dans la cohue ils commencèrent à parler des innombrables sujets à trouver dans la littérature italienne. Tout à leur conversation, ils semblaient ne pas entendre le bruit alentour. L'Anglais paraissait tellement intéressé par les auteurs que lui citait Bruno que celui-ci l'invita à passer chez lui pour en parler plus en confort.

Je savais que Dagron, chaque fois qu'il lui était possible, se tenait là aux jours de marché pour veiller avec ses archers à prévenir les incidents de la cohue, les disputes de mégères, les bagarres de mendiants, les brutalités des porteurs d'eau, et à surveiller les tire-laine, coupeurs de bourses et joueurs de bonneteau. Comme prévu, nous le croisâmes « par hasard » près de la barrière des sergents à l'enseigne du Roi et de la figure de Justice. Il était visiblement ravi de la rencontre et nous invita à le retrouver un peu plus tard au Pichet, rue de Bièvre, pour le déjeuner.

III

Sans avoir le chic du Mouton blanc ou de la Pomme de pin avec leurs nappes blanches, le Pichet était à des lieues au-dessus de nos cabarets d'habitude. Dagron y avait ses aises et nous fûmes conduits au fond de la taverne à une table isolée dans un recoin de fenêtre où il nous attendait. Il était aussi grand et large et tout en chair que Bruno était petit, maigre et sec, et son gobelet était plein à ras bord de vin de Suresnes. Il avait commencé à piocher dans le hachis de gigot qui se trouvait au centre de la table. Il nous accueillit d'un dicton poitevin qui commençait par «Doy me lèche» et dont la suite m'échappa. Mon maître mangeait avec parcimonie et buvait de l'eau rougie. Mais derrière sa volubilité et ses gestes d'impatience, Dagron ne lâchait que ce qu'il consentait. Comme Bruno me le dit plus tard, il avait la faconde prudente.

– Alors, cher maître. Je suis sûr que vous ne vous êtes pas contenté de relire Dante. Vous en avez assez appris pour avoir envie de comprendre mieux. Car vous aimez les problèmes à résoudre, sans cela vous ne seriez pas philosophe. Et puis ces événements de la réalité ne sont-ils pas, pour un habitué de l'abstrait, comme une distraction de l'esprit?

– Certes mais je suis un amateur. Mes relations avec la réalité sont toujours quelque peu maladroites, on ne cesse de se heurter à des obstacles qui laissent des bleus sur le corps. La vie des idées est par définition un obstacle en elle-même, du coup on y est d'emblée plus précautionneux. Et puis en philosophie nous savons où se trouvent les choses importantes: tapies au fond de notre esprit ou dans les livres rassemblés dans des bibliothèques; mettre de la hiérarchie parmi les éléments de la réalité sublunaire est beaucoup plus ardu.

– Allons, allons, ceux qui sont en dehors du jeu le suivent souvent mieux que ceux qui y sont engagés, de même qui assiste à un spectacle ou à une partie d'échecs, et vous avez bien assez de logique pour délibérer de juste. Vous avez immédiatement deviné l'importance relative des deux traces en italien que les meurtriers ont laissées derrière eux. Celle de Dante est plus longue mais fournit le message le plus simple à déchiffrer et le plus succinct: Vengeance. Et puis cela fait meurtrier cultivé. Mais les deux mots écrits de sang sur le mur sont malgré leur laconisme autrement plus complexes et révélateurs.

– Oui, le problème est que l'on ne sait pas de quoi: le sens d'un mot dépend de la phrase qui l'entoure et de la position qu'il y occupe. La signification de ces deux mots n'apparaîtra donc que si l'on parvient à les replacer dans leur contexte.

– Nous sommes du même avis. Ces deux mots sont la clef, mais manque la serrure. C'est une situation plus problématique que l'inverse. Il est plus facile de faire une fausse clef qu'une fausse serrure et surtout de savoir ce qu'elle ferme!

– Il faut donc découvrir la serrure qui dans l'histoire des Heucqueville correspond à ces deux mots.

– Exactement, et nous nous y employons. Mais vous-même, où en sont vos réflexions?

La conversation était fort intéressante à suivre pour le spectateur que j'étais. Aucun des deux ne voulait se défermer le premier et dans le même temps chacun savait devoir lâcher quelque chose pour en apprendre de l'autre.

– Vous savez, à part lire l'italien je n'ai pas compétences particulières à rechercher la vérité. Je n'ai que mon bon sens, qui certes n'est pas chose la mieux partagée du monde; il m'étonnerait donc que je puisse vous apprendre quoi que ce soit. Mais enfin allons-y. Mes conclusions premières sont qu'il y a eu vengeance, que l'on a voulu effacer une famille de la surface de la terre et que cela se sache. Et enfin que le seul élément d'explication est dans les deux mots *Ricordi Leone*. La seule chance d'y comprendre est de remonter dans l'histoire des Heucqueville, c'est-à-dire de chacun de ses membres. Et d'après moi, ce ne peut être que de Heucqueville lui-même ou de son père, et il faut fouiller leur passé.

Je vis que si mon maître n'avait rien appris à Dagron celui-ci appréciait cette mise au net de la situation en quelques phrases. Cela devait le changer de l'embrouillamini émotionnel d'usage en cas de tuerie.

– Et que chercheriez-vous dans le passé des Heucqueville?

– Je ne sais, car j'ignore ce que je dois y trouver. Mais si j'en avais les moyens, je m'intéresserais à Heucqueville orfèvre.

Là Dagron sembla plus étonné. Visiblement il avait lui-même appris la rumeur, l'avait trouvée intéressante

79

et découvrait que Bruno dans sa mansarde était allé au même trot que lui. Je restais silencieux mais n'en étais pas moins fier de ce que mon enquête avait fourni à mon maître.

– Pourquoi Heucqueville orfèvre?

– Lieutenant, vous le savez bien. Et même si l'on n'est pas sûr que c'est la bonne serrure on ne peut la négliger. Une rumeur qui relie une tuerie à une période de massacre dont c'est le dixième anniversaire est forcément intéressante. Mais peut-être êtes-vous déjà allé plus loin.

Les cartes repassaient au lieutenant, qui pouvait les refuser mais qui avait sans doute compris que continuer à en parler avec Bruno pouvait lui être utile.

– Quelque peu, mais pas énormément. L'état de nos réflexions n'est pas éloigné. Mais vous-même, si vous aviez les moyens de police d'enquêter, que chercheriez-vous chez Guillaume Heucqueville?

– Pour faire court, et sans donc présager de ce que je trouverais par ailleurs, je fouillerais dans les trois jours et les trois nuits de la Saint-Barthélemy afin de savoir si ont été assassinés et pillés des orfèvres, joailliers ou changeurs italiens.

Le lieutenant se resservit de Suresnes et trinqua avec celui d'eau rougie de mon maître.

– C'est ce que nous sommes en train de faire.

Il laissa passer quelques secondes de silence et ajouta:

– Nous en avons trouvé deux.

Curieusement, la conversation semblait avoir totalement isolé notre table du brouhaha de la salle principale de l'auberge. Mon maître ne voulait pas poser de questions immédiatement, c'est lui qui avait le plus parlé. Dagron voulait faire sentir qu'il était libre de se taire, et pour la première fois il m'adressa la parole:

– Et que pensent les Hennequin de tout cela?

– Les Hennequin je ne sais pas, mais quant à moi je suis curieux de savoir ce qu'il en est de ces deux Italiens.

Dagron remplit les trois verres de Suresnes, le sien à ras bord.

– Eh bien, par recoupements, car on ne peut dire que les archives du Châtelet soient abondantes en la matière, comme si les magistrats et la police avaient été dépassés par les événements, ce qui dans une certaine mesure a été le cas. À moins que l'on ait jugé que moins l'événement serait enregistré, plus il aurait de chances de s'effacer vite des consciences. Mais ce serait une erreur profonde, ce qui n'est pas écrit est encore plus long à disparaître. En tout cas par des témoignages retrouvés et quelques pièces officielles, on a découvert qu'avaient été tués entre le 25 et le 27 août un orfèvre italien nommé Pieruzzi, dans sa boutique près Saint-Jacques-de-la-Boucherie, et un joaillier du Pont-au-Change du nom de Mazzotti. Nous enquêtons sur ce dernier.

– Pourquoi lui?

– Parce qu'il semblerait que Pieruzzi ait été vaudois et donc en quelque sorte tué légitimement si l'on peut dire.

– Légitimement en quoi? demandai-je.

– Le signor Bruno connaît sûrement mieux que moi l'histoire de cette secte née à Lyon il y a plus de quatre siècles et qui a essaimé en Piémont, en Ombrie et paraît-il jusque dans le sud de l'Italie. D'après ce que j'ai compris, il y aurait eu rapprochement avec les calvinistes malgré des désaccords théologiques importants. Mais en tout cas, dans une émeute, protestant ou vaudois, c'est du pareil au même et Pieruzzi vaudois est mort égorgé comme un luthérien ou un calviniste de fraîche tradition. La nuit tous les chats sont gris, n'est-ce pas, et l'on va à l'essentiel: tuer joyeusement son prochain en faisant fi des subtilités théologiques sur le libre arbitre ou la consubstantiation.

– Les Pauvres de Lyon, aussi appelés «Ensavatés», fondés par un nommé Valdès à la fin du XIIe siècle, dit Bruno, en ont peut-être eu assez de quatre siècles de persécution et de clandestinité. Ils sont en fait nés en même temps que mon ordre et, comme lui, ont servi contre les Cathares. Mais ils ont pris des positions qui les ont rendus insupportables à Rome.

– Lesquelles? demandais-je.

– À l'origine, ils fondaient leurs pratiques religieuses sur trois principes fondamentaux: la pauvreté, la Bible et le refus de tout serment. Si le premier ne faisait pas problème, leur vision de la Bible était particulière: ils en voulaient une lecture littérale, sans interprétation. Quant au refus de tout serment, il est inutile de dire qu'il a créé de nombreuses difficultés. Mais les choses se sont aggravées avec ce qu'ils ont ajouté à ces principes de base: le refus du purgatoire dont la doctrine ne fut établie qu'au second concile de Lyon, en 1274, c'est-à-dire un siècle après la naissance de leur mouvement, et enfin des tendances au donatisme.

– Qu'est-ce?

– Une hérésie datant du IVe siècle et de l'évêque Donat, qui rejetait les sacrements transmis par un clergé méprisable. Donc pour le donatisme la validité de l'Eucharistie dépend de la dignité de vie du prêtre, à quoi l'Église opposa que si le rite et son esprit étaient respectés, le sacrement était valable. De même la confession, car «que peut pardonner un prêtre qui est pécheur?» Enfin s'ajoutèrent à cela, pour les vaudois, des positions hérétiques sur le refus du culte des saints, de la peine de mort et, chose totalement impardonnable, du pouvoir ecclésiastique et donc celui du pontife. Pour tout dire il y a dans ceci des éléments qui ne me sont pas antipathiques. Car comment refuser que *Quantum quis habet bonitatem tantum habet et auctoritatis,* c'est-à-dire, traduit-il pour Dagron, «On a autant d'autorité que ce que l'on a de bonté»? Et puis ces problèmes-là sont-ils vraiment étrangers à notre siècle?

– Et pendant ces quatre cents ans?

– Ils se sont réfugiés dans la clandestinité ou à l'étranger, Saxe, Bavière, Poméranie, dans le Piémont et le royaume de Naples. En France, d'après ce que l'on m'a dit, on en trouve en Provence, dans le Languedoc ou le Rouergue. Mais leur clandestinité rend difficile de les connaître vraiment. En apparence ils se comportent comme des catholiques, vont à la messe et respectent les rites, mais dans leur intimité reçoivent la visite de prédicateurs, qu'ils appellent «barbes», qui leur apportent la bonne parole et l'Eucharistie, et à qui ils se confessent. Quant à leur évolution récente, le lieutenant est bien renseigné car leur rapprochement des calvinistes va à l'encontre de leur position sur le libre arbitre et le refus de la prédestination. Sans doute sont-ils tombés dans les bras de Genève comme l'on s'écroule au terme d'une marche longue et épuisante!

– Mais, et Mazzotti? demandais je.

Dagron reprit la parole.

– Ah, là, c'est beaucoup plus intéressant, car il était tout ce qu'il y a de plus papiste et de strictes pratiques. Il a donc été jugé luthérien comme ces chapons baptisés carpes, certains jours de carême, par des chanoines affamés, ou comme ce on ne peut plus catholique percepteur des taxes sur le drap et les vins de Meaux qui fut, par raisons purement fiscales, baptisé protestant et exécuté par ses contribuables. Donc Mazzotti était catholique, comme vous et moi.

Il dit cela en souriant car lui-même semblait plus épicurien que fou de religion et il savait assurément mon maître en rupture de couvent.

– J'ajoute que son atelier et ses coffres furent pillés et que trois personnes qui se trouvaient dans la maison avec lui furent occises, comme si on avait voulu éliminer tous les témoins.

– À quelle enseigne était sa boutique? demanda Bruno.

– Au Lion d'argent, répondit Dagron.

Et il se tut, et mon maître aussi, et je ne dis mot.

À la question de Bruno il se voyait que Dagron avait compris que leurs esprits allaient à l'amble. Bruno reprit la parole d'une manière que je connaissais bien : comme s'il pensait à voix haute.

– Il faudrait maintenant savoir qui étaient les trois autres morts du Lion d'argent.

– Nous nous y employons.

– Et connaître la composition de la famille Mazzotti.

– Cela va de concert.

– Et s'il reste d'éventuels membres de la famille à

Paris ou ailleurs. Et en parallèle, étudier du mieux possible, et malgré la difficulté, la rumeur Heucqueville.

Le lieutenant ne sembla pas choqué par les suggestions de Bruno. Ce n'était une fois encore que du bon sens et mon maître donnait l'impression qu'il vous permettait de pénétrer ses dialogues intérieurs, en philosophie comme en l'occurrence, ce dont en quelque sorte vous vous sentiez honoré. Tout ce qu'il y avait à dire ou devant être dit ce jour sur la maison du Coq l'ayant été, la conversation dériva sur l'insécurité de Paris, les derniers ragots de la cour et les phénomènes singuliers qui venaient de se produire : la grande et épouvantable lumière apparue la semaine d'avant sur les cinq heures du soir devers le midi et qui s'élança comme éclair de tonnerre, et aussi le débordement de la rivière de Seine dont les eaux sont si grandes que certains pensent qu'il s'agit du second déluge, annoncé il y a bien longtemps par Pierre Briant, le chantre de Saint-Victor. Et nous convînmes que c'était là événements inquiétants. Même sur ces sujets autres, ces deux hommes pourtant si différents aimaient à deviser ensemble et cela se sentait.

Nous quittâmes la taverne et je remarquai que Dagron ne paya que d'un salut au patron, et d'une tape au cul de la fille qui nous avait servi et qui fit à peine semblant de s'en offusquer. En sortant nous retrouvâmes la pluie qui tombait depuis maintenant plusieurs semaines et nous nous séparâmes de lui sur la place Maubert où les miséreux se disputaient les restes détrempés du marché.

– Alors, dis-je à Bruno, la solution n'est pas loin ?

– Apparemment, mais tout va dépendre des informations à venir et nous ne les connaissons pas.

Il se tut quelques minutes et reprit.

– Comment en tant qu'homme de Dieu puis-je ne pas être bouleversé par ces massacres de huguenots? Et les cathares, les patarins, les tisserands, et les vaudois et les hussites! C'est à se demander si la foi en un dieu unique n'est pas un danger perpétuel. Si ton dieu est unique celui des autres ne peut exister et s'il existe le tien est comme nié. L'un des deux doit disparaître. Et ainsi à l'intérieur d'une même croyance on peut s'étriper, se découper, se châtrer, se déshonorer. Et les mahométans qui ne comprennent pas que tous les hommes ne reconnaissent pas leur prophète. Et les juifs accrochés à leurs croyances comme à un radeau dans le naufrage de leur race éparpillée. Encore eux n'ont pas d'organisation armée mais si c'était le cas ils seraient comme les autres. Du moins les Perses avec leurs Mazda Ahura, Mithra, Varuna, Rama, Maho, Vahista, etc., toléraient, si j'en crois Pline et Plutarque, que les peuples qui leur étaient soumis, les Grecs, les Aryens, les Égyptiens, conservassent leur croyance. Et les Romains avec leurs dieux grecs, phrygiens, égyptiens, syriens acceptaient les religions de tous leurs peuples et celles des Gaulois et des Celtes. Et maintenant que le monde connu s'est étendu à l'Amérique, aux pays d'Afrique et à l'Asie du lointain, nous allons massacrer pour imposer notre Dieu.

– Avez-vous lu la traduction du missionnaire espagnol sur la conquête des Amériques et les horreurs des conversions que le libraire Julien vient de publier?

– Oui, bien sûr. Bartolomeo de La Casas est un frère

dominicain. Il écrit à un endroit: «On a exigé que les Indiens adoptent notre foi sans prédication ni doctrine, qu'ils se soumettent à un roi qu'ils n'ont jamais vu ni entendu et dont les sujets et les envoyés sont des tyrans si cruels, si impitoyables et si horribles.» Il demande à ce qu'on laisse les Indiens vivre leur religion sans leur imposer la nôtre, et il dit très logiquement que s'ils nous paraissent barbares ils nous jugent sans doute pareillement. Et au nom de notre Dieu de bonté nous en avons profité pour les dépouiller de leur or et les transformer en esclaves!

– Le sieur Montaigne dont je vous ai déjà parlé dit quelque part dans ses *Essais:* «Chacun appelle barbarie ce qui n'est pas son usage.»

– Très vrai. Et depuis Copernic nous savons que la Terre n'est pas le centre de l'univers mais qu'il y a de multiples mondes, alors allons-nous éliminer tout ceux qui ne croient pas comme nous? Un jour on s'apercevra que tous les peuples face au néant et à l'infini ont éprouvé le besoin de croire et qu'ils ont autant créé leur Dieu que celui-ci a créé l'univers. Et en attendant les humains se seront joyeusement détruits au nom de ce qui devait les aider à vivre.

Ce n'était pas là propos d'un philosophe mais d'un homme d'Église effrayé des troubles religieux de ce siècle et que cela bouleversait. La conversation avec Dagron avait réveillé des fantômes avec lesquels je sentais, en le quittant, il allait passer la soirée et la nuit et à se demander que peut un philosophe contre la folie humaine.

Le lendemain matin j'allai au bord de la Seine qui était si haute et enflée qu'elle s'était débordée et avait recouvert la rue Pavée et celle des Augustins jusqu'à venir lécher l'hôtel de Nevers et autres maisons de la rue Saint-André-des-Arts. L'inondation avait interrompu le charroi dû à la construction du pont de Valois que certains appellent Pont Neuf, et dont le roi lui-même qui le paye de ses deniers se demande s'il sera achevé jamais. Mais comme à l'habitude les dégâts étaient beaucoup plus graves sur la rive droite. Cela tient paraît-il au fait que le lit du fleuve a changé il y a bien longtemps et qu'il longeait alors Popincourt, Belleville et Montmartre et que toute la partie entre l'ancien et l'actuel lit était un marais à l'exception de la place Saint-Gervais et de la place de Grève, et c'est pourquoi on y a établi l'Hôtel de Ville. L'homme depuis combat à regagner ces terrains sur la nature qui l'emporte dès le moindre dérèglement. Et la rivière de revenir à son cours d'origine. En tout cas il ne faudrait pas qu'arrive la véritable froidure d'hiver et que toutes ces eaux qui ont envahi les rues de Paris soient prises en glace.

Ensuite j'allai chez Bruno qui curieusement n'était pas chez lui. Plutôt que de l'attendre, je décidai de me promener dans les librairies de la rue Saint-Jacques dont je serai bientôt éloigné. Je passai pour cela devant la maison du Coq dont on avait ôté les planches qui depuis deux jours en condamnaient l'entrée. Devant, se tenait à nouveau un archer de Dagron. Je ne sais pourquoi, bien que ne voyant qui était à l'intérieur, je fus immédiatement persuadé que s'y trouvaient Bruno et le lieutenant. Je continuai mon chemin, mais revins une heure plus tard frapper à la chambre de Bruno. Cette fois il s'y trouvait et en fait impatient de me voir arriver.

– Alors on néglige son vieil ami.

– Je suis passé il y a une heure mais vous aviez visiblement mieux à faire.

Je compris en disant que je lui en voulais, si mon intuition se vérifiait, d'être allé dans la maison du Coq sans moi.

– J'étais dans la maison du Coq.

– Je le savais.

– Mais assieds-toi, je vais te raconter cela par le détail. Et crois bien que s'il avait été possible j'aurais choisi d'attendre que tu sois là, mais Dagron est venu et c'était tout de suite ou jamais.

Je bougonnai un faible « Peu importe » et tâchai de faire meilleure figure.

– Dagron est venu ce matin m'en dire plus sur les Mazzotti et me proposer de visiter l'étage de la maison du Coq où il devait retourner vérifier certaines choses. Donc les Mazzotti étaient six, le père Piero, la mère Angelina, deux garçons de quatorze, quinze années et deux filles, l'une à peine adolescente et l'autre de six mois.

– Et qui étaient les quatre assassinés ?

– C'est là que c'est intéressant. Les deux garçons étaient absents, et sont revenus à l'automne 72 avec un oncle qui a vendu la maison pour eux, et on ne les a jamais revus. On pense qu'ils sont depuis dans la famille de leur mère à Milan.

– Donc on a tué le père, la mère et les deux filles.

– Pas tout à fait, il y avait une servante et c'est elle qui a été tuée avec les parents et l'adolescente.

– Le bébé a eu la vie sauve ?

– Oui, et l'oncle l'a pris avec lui quand il est venu

vendre la maison, et cela signifie une chose très simple : on a supprimé les témoins. Les meurtriers ont été efficaces, ils ont tué pour voler et ne pas être reconnus. Un bébé de six mois voit à peine et ne peut parler, on l'a épargné. On est dans le vol crapuleux et non dans la vendetta aveugle.

– Et que sont devenus les deux garçons ?

– Nul ne sait. On ne les a jamais revus à Paris depuis l'automne 72. Mais ils doivent avoir vingt-cinq ou vingt-six ans aujourd'hui et rien ne dit qu'ils n'ont pas appris la rumeur accusant Heucqueville et ne sont pas venus venger leurs parents et leur sœur. En tout cas Dagron en est persuadé. Les meurtriers étaient deux, les gens qui les ont vus sortir de la maison du Coq n'ont pas distingué leur visage et ne peuvent rien dire de leur âge.

– Mais comment deux hommes ont-ils pu martyriser et tuer sans qu'alerte soit donnée, huit personnes dont deux jeunes gens et un homme dans la force de l'âge ?

– Dagron ne m'a pas dit pourquoi il voulait retourner dans la maison mais je pense que les circonstances de la tuerie en étaient la raison. Du coup, je ne lui ai pas dit ce que j'avais découvert.

– Qu'est-ce que vous avez découvert ?

– Attends, chaque chose en son temps. En tout cas, j'ai compris en voyant les allées et venues de Dagron qu'il voulait, alors qu'il avait une piste, vérifier comment cela avait pu se passer. En fait, si j'ai bien compris, ils sont entrés dans la maison où il n'y avait que le père Heucqueville, la servante et le bébé. Ils ont bâillonné le père, l'ont crucifié à la porte, ont tué la servante et le bébé, puis ont assommé au rez-de-chaussée, au fur et à mesure qu'ils arrivaient, chacun des membres de la famille, les ont montés au premier étage puis égorgés sous les yeux du père Heucqueville qui fut tué en dernier et empalé sur un poignard.

– Quelles observations vous assurent de tout ce déroulement?

– Aucune et Dagron ne m'a pas fait part des siennes. Mais c'est dans la logique et de la vengeance et de la possibilité matérielle de voir deux hommes en tuer huit. Par ailleurs, il n'y avait aucune trace de sang au rez-de-chaussée à l'emplacement du cadavre de la servante. On peut donc penser qu'elle a été tuée en haut où l'on l'a d'abord laissée pour ne pas effrayer les nouveaux arrivants et que l'on a descendu son cadavre à la fin pour bien isoler les Heucqueville de cette pauvre femme exécutée seulement parce qu'elle avait eu le malheur de se trouver là. Disons que mon hypothèse tient de la logique et que rien ne vient la contredire. Mais il ne suffit pas de pouvoir défendre quelque chose pour que cela soit vrai: encore faut-il pouvoir le prouver. Et je pense que dans son silence Dagron a abouti aux mêmes conclusions.

– Donc tout est réglé, il ne reste plus qu'à mettre la main sur les frères Mazzotti.

– Eh bien justement non. Ce serait trop simple et, comme en philosophie, la solution évidente n'est pas toujours la plus certaine.

– Et pourquoi?

– D'abord Dagron m'a fourni un élément supplémentaire et inédit de la mise en scène de la tuerie, et je ne sais qu'en faire. D'ailleurs lui non plus et c'est pour cela qu'il m'en a parlé, mais surtout…

– Et quel est cet élément?

– Un peu de patience, la situation est bien assez complexe et déjà avant cela un détail me gênait. Un détail infime, mais comme l'a dit saint Bonaventure, de manière quelque peu cavalière : « Dieu est dans les détails. »

– Vous parlez de ce que vous avez observé dans la maison et gardé de par-devers vous.

– Exactement. Tu te souviens que j'ai traduit le *Ricordi Leone* sur les indications de Dagron mais sans avoir vu l'inscription par moi-même.

– Et alors ?

– Et alors là j'ai eu le plein loisir de l'étudier *de visu* et tout n'est pas aussi clair. D'abord, écrire avec un doigt trempé de sang n'a rien à voir avec une plume d'oie sur du papier. La clarté calligraphique est forcément sacrifiée au profit du dessein émotionnel. Et puis difficile de se reprendre ! Et si le *Ricordi* ne pose aucun problème, le *Leone* pourrait être un *Lione*. Ce qui change tout, car en français cela devient « Souviens-toi de Lyon » et renforce un doute que j'ai depuis que Dagron a déterré l'affaire Mazzotti. L'enseigne de leur boutique était Au Lion d'argent, et certes on peut mettre cette abréviation *Leone* au lieu de *Leone d'Argento* sur le compte de la présentation ou de la difficulté d'écriture, mais on n'attend pas dix ans pour omettre un détail assurant la bonne compréhension de l'apostille. Or pour moi le *e* est un *i*. Et cela change tout car s'il y a eu un lien entre Lyon et les Mazzotti, il est à découvrir.

– Mais Heucqueville n'est-il pas originaire de Lyon ?

– Ah, tu vois ! L'esprit est une substance émotive facile à éblouir et à paralyser. Le père Heucqueville avait quatre-vingts ans, la Saint-Barthélemy remonte à ses soixante-dix ans, mais et avant? Il y a bien cinquante ans de vie adulte, ce qui représente forcément un certain nombre d'événements dont nous ne savons rien. Attention, je ne dis pas que c'est *Lione* plutôt que *Leone*. Je dis que cela peut être les deux et que je parie sur *Lione*. Dagron va chercher les frères Mazzotti et il ne les trouvera pas.

– Mais à part l'absence d'*Argento* et ce *e* suspect?

– Il y a encore deux éléments sur lesquels je ne peux rien fonder, mais qui me font douter.

– Lesquels?

– D'abord le bébé. Les meurtriers des Mazzotti n'ont pas tué la sœur, alors pourquoi tuer un nouveau-né? Je ne connais pas le fonctionnement de l'esprit de vengeance, mais je ne comprends pas. Et surtout le sort infligé au père.

– Le fait qu'on l'ait crucifié.

– Non, pas du tout. On a voulu qu'il voie mourir tous les siens et c'était un moyen cruel mais efficace de l'immobiliser, il suffisait dans le même temps de lui bourrer la bouche d'étoupe et de le bâillonner et il était obligé d'assister impuissant et silencieux à la mort de sa descendance. Non, c'est le poignard *in culo*. Or les meurtriers n'ont rien fait de hasard, ils auraient pu le châtrer, lui crever les yeux ou l'éventrer et dévider ses tripes, comme il a été de mode dans vos guerres de religion, non, ils lui ont enfoncé une dague dans le cul et je ne vois pas de lien avec l'affaire du Lion d'argent. Mais une fois encore, rien de déterminant dans tout cela, c'est de l'ordre de l'intime conviction.

– Alors comment en savoir plus?

– On va laisser Dagron chasser les Mazzotti. S'il les trouve et qu'ils avouent, j'aurai eu tort et tant pis pour ma fierté. Si ce n'est pas le cas et si nous trouvons une trace lyonnaise à suivre, nous aurons eu raison !

– Comment allons-nous procéder ? Et puis pourquoi ne pas en parler à Dagron ?

– Pour deux raisons. D'abord, il ne t'a pas échappé que Dagron et moi étions en concurrence, amicale, mais en concurrence. Il fait cavalier seul et ne me lâche une information que lorsque c'est de son intérêt. C'était évident quand nous étions tous deux dans la maison.

– Mais pourquoi vous a-t-il invité ?

– Parce que notre conversation est cordiale et qu'il veut que j'aie certains éléments du problème comme lui, pour que je puisse, jusqu'à un certain point, les résoudre à égalité de chance. Et puis il voulait me parler du corbeau.

– Le corbeau, quel corbeau ?

– Celui qu'on a retrouvé le cou tordu sur la table à côté des vers de Dante. Les tueurs ont donc apporté avec eux le cadavre d'un corbeau, l'ont déposé là pour signifier je ne sais quoi et Dagron ne m'en a parlé que parce qu'il donnait sa langue aux chiens.

– *Incredibile !*

– Disons surprenant et énigmatique, là encore parce que nous manque le code. À soigner leur mise en scène, les meurtriers n'avaient que l'embarras du choix des symboles à y laisser à l'intention des enquêteurs. Le curieux en l'affaire, c'est qu'habituellement les coupables tentent de brouiller les pistes, alors que dans ce cas j'ai l'impression que chaque détail veut nous signifier de quoi il s'agit. Simplement la langue employée pour cela n'est pas explicite!

– Mais pourquoi un corbeau?

– Justement, j'aimerais bien le savoir et Dagron aussi. Est-ce une allusion à une enseigne? À Isaïe qui en fait un symbole de solitude? Au Déluge où c'est un corbeau que Noé a envoyé en exploration? À l'exemple de chasteté, que l'on trouve chez Aristote, parce qu'il s'accouple rarement? Ou à Pline et à saint Isidore? Ou encore à un nom de famille ou de lieu-dit? Qu'est-ce qu'on en sait? Il faut réfléchir, la solution ne tombera pas du ciel. Mais pour le moment laissons ce corbeau à son sommeil éternel! Il est trop neuf, mon esprit ne l'a pas encore intégré. N'oublie pas que l'on ne peut être bon enquêteur si l'on ne s'est préalablement informé et que la doctrine se développe graduellement à partir de principes et de fondements fermes et bien établis pour s'élever jusqu'au parfait édifice des éléments qui la composent. Tant que l'on n'a pas tout entendu et compris, il vaut mieux garder le silence. Nous en reparlerons donc plus tard, quand cela aura infusé.

«J'en viens à la deuxième raison pour laquelle je n'ai point parlé du *Lione* à Dagron. Les meurtriers sont des lettrés italiens, ils ont commis un crime horrible mais de façon très réfléchie et sans rien laisser au hasard. On peut donc supposer une origine à leur haine qui soit horrifique en proportion. C'est un nouveau massacre d'innocentes victimes, mais victimes de quoi? Ce ne sont pas des furieux de folie, au contraire, et chaque détail veut faire passer un message que pour l'instant nous sommes incapables de déchiffrer.

– Et si vous les découvrez?

– Je déciderai si je les dénonce ou si j'estime la vengeance justifiée. Étant philosophe, mes devoirs ne sont pas ceux d'un commissaire au Châtelet qui a lui pour mission de trouver les coupables et de les livrer au lieutenant criminels. Or je n'y crois pas trop.

– À quoi ?

– À la justice humaine. C'est chose hautement variable selon les peuples et les siècles. Qui est condamné chez nous pour être bigame ne le sera pas chez les mahométans. Qui honore les images saintes sera persécuté à Genève et respecté à Rome. Qui se venge lui-même aura gain de cause chez les Germains et chez nous devra rendre compte à la justice royale. Le duel était dans les mœurs naguère, il n'est plus en odeur de sainteté et tu verras qu'un jour le roi l'interdira. Alors, la justice ! Et le même acte ne sera pas jugé de même si son auteur est un grand du royaume ou un étranger ou un pauvre manant. Le vilain sera exécuté pour un lièvre braconné et le seigneur absous d'avoir éliminé qui gênait son entreprise. La justice n'est qu'une manière de tenir la multitude pour éviter le chaos, une manière sacralisée d'assurer le semblant d'ordre sans lequel ne pourrait fonctionner une république ou un royaume. C'est pour cela que Dagron touche sa solde et que ton père est rétribué, mais moi personne ne me paye. Je n'ai qu'un rapport privé, gracieux et de plus confidentiel avec la justice, c'est à peser autrement !

– Mais les lois du royaume ?

– On me demande de les respecter, ce que je m'efforce de faire, mais on ne se soucie pas que j'y adhère en mon for intérieur. C'est d'ailleurs la différence avec la règle monastique. Donc si je découvre les meurtriers je déciderai de leur sort en mon âme et conscience. Encore faut-il pour cela que je les trouve et que Dagron ne se désembourbe pas de son erreur. En fait je me suis piqué au jeu et après avoir été moi-même tellement condamné, et assurément ayant à l'être encore dans l'avenir, il ne me déplaît pas de pouvoir à mon tour jouer les justiciers. Mais pour cela j'ai encore besoin de toi.

– Comment ?

– Lyon est trop loin pour aller y trouver ce que je cherche et Paris pullule de gens qui en sont originaires. Essaye par le réseau de ta famille de mettre la main sur des magistrats y ayant séjourné et, encore mieux, exercé lorsque Heucqueville y résidait, c'est-à-dire avant 40. Heucqueville avait trente-huit ans, qu'a-t-il bien pu faire entre 1520 et 1540 qui puisse donner lieu à si sanglante et lointaine vengeance ? Qu'en penses-tu ?

– Oui, c'est possible. Je vais m'adresser à un de mes oncles qui a l'âge de Heucqueville et donc plus de chance que mon père d'avoir des relations de même génération.

– Il faut aller vite.

– Pourquoi ?

– D'abord pour damer le pion à Dagron. Et puis imagine que d'une part j'aie raison et que par malchance les Mazzotti se trouvent à Paris et qu'il leur mette la main au col. Il se pourrait que cette fois-ci, sûr de ses déductions et lassé d'avoir déjà dû une première fois relâcher des coupables idéaux, il soit moins regardant et plus expéditif. Les Mazzotti après avoir perdu père, mère et sœur y laisseraient la vie, ce qui, tu l'avoueras, serait d'une injustice choquante. Maintenant va et fais diligence.

Je sortis de chez lui dans un état de grande excitation de l'esprit. En quelques minutes, mon maître avait d'une part étayé la culpabilité des Mazzotti et puis comme d'un revers de main l'avait balayée et mise à terre. Était-il possible que la philosophie appliquée au réel soit plus efficace que le sens pratique de ceux dont c'est le métier?

Je m'invitai à déjeuner chez mon oncle François, le frère aîné de mon père, avec qui j'avais habituellement des discussions sur mes études. Il habitait rue Hautefeuille et possédait lui aussi une bibliothèque d'importance qui complétait bien celle de mon père et dont il me laissait le libre usage. Depuis qu'il avait abandonné sa charge de président des comptes, il relisait les grands philosophes grecs et latins et se tenait à l'affût des nouveautés de librairie intéressantes. C'est lui par exemple qui m'avait fait découvrir quelques mois auparavant les *Essais* de Michel de Montaigne, parus à Bordeaux chez Simon Millanges, un des livres les plus profonds qu'il m'ait été donné de lire en langue française. J'en ai d'ailleurs à plusieurs reprises parlé à Bruno qui, d'abord méfiant, a fini par céder à mon enthousiasme et m'a demandé de le lui prêter. Mais quand je l'aurai terminé !

J'expliquai mon souci à mon oncle. Connaîtrait-il un de ses collègues ayant vécu ou exercé à Lyon entre 1525 et 1545? Il me demanda bien entendu pourquoi. Après m'être assuré de sa discrétion, je lui dis être curieux du passé lyonnais du père Heucqueville dont l'assassinat avait fait tant de bruit.

– Tu sais les soupçons qui ont couru sur certains événements advenus durant les tueries de la Saint-Barthélemy?

– Oui, père m'en a parlé, mais justement je voudrais remonter plus loin dans sa vie et notamment au temps où il vivait à Lyon. On m'a dit que sa famille en était originaire et qu'il l'avait quitté au début des années 40.

– Grandjon. Va voir Grandjon qui a été avocat au parlement de Lyon pendant une trentaine d'années et fut nommé maître des requêtes à Paris sous la régence du petit roi François. Non seulement nous sommes très amis, mais c'est un homme intelligent et d'intégrité et, point capital, il n'est pas sénile, et il est pourtant plus âgé que moi! La plupart de mes collègues ne pensent qu'à manger et dormir, répètent à longueur de temps le compte de leurs biens, espèrent faire enrager leurs héritiers en vivant le plus longtemps possible et pleurent le bon temps du roi François le Grand, qui n'était pas vraiment plus serein mais qui était surtout celui de notre jeunesse.

Mon oncle laissa tomber cette tirade avec l'air distant de qui a lu assez de philosophes pour s'amuser de ses semblables et de lui-même.

– Et où habite-t-il?

– À l'image du Chardon, juste à côté. Nous sommes voisins, ça aussi à nos âges c'est indispensable pour l'amitié. On n'a plus l'énergie des amitiés lointaines. Traverser Paris et ses embarras dépasse nos forces. Mais dans la même rue…

IV

Je remerciai mon oncle et allai frapper à la maison du Chardon où sur sa recommandation on me reçut joyeusement, et ce malgré l'heure de la sieste qui n'était visiblement pas dans les habitudes de l'ex-maître des requêtes. Le vieillard emmitouflé dans une robe de chambre fourrée était dans sa bibliothèque, où comme dans la plupart des grandes maisons parisiennes, il faisait froid alors que la cheminée marchait à plein régime. En fait, les chambres modestes comme celles de Bruno étaient plus confortables car plus faciles à chauffer.

Grandjon était édenté mais avait une langue toujours bien pendue qui fonctionnait à toute vitesse malgré un essoufflement constant dû à l'âge. Il parlait avec une moue sarcastique qui n'était pas sans rapport avec celle de mon oncle. Je suppose que leurs entretiens devaient passer les êtres et les singuliers de la vie au tamis d'une certaine méchanceté commune et réjouissante.

– Ah, encore un Hennequin. Tu es le petit-fils d'Estienne ou de Marc?

– Moi je suis le fils de Claude.

– Ah oui le jeunot, celui qui est président des comptes. Je l'ai rencontré quelquefois, c'est comme tous les Hennequin un homme qui a lu, et sûrement toi aussi. Que me veux-tu?

Je lui expliquai l'objet de mes recherches.

– Ah, Heucqueville! Décidément le monde est tout petit. Nous sommes de même génération et nos deux familles sont lyonnaises. Son père et son grand-père étaient orfèvres et son fils l'eût été s'il n'avait pas épousé Anne, la seule fille de Jean Huguelin, qui lui a laissé sa librairie rue de Latran. Elle est morte à la naissance de son deuxième fils. Quant à Heucqueville, nous avions le même âge mais je ne l'aimais pas. Paix à son âme. Ton oncle a dû te parler de l'assassinat des Mazzotti durant les folies de la Saint-Barthélemy et des bruits qui en ont couru.

– Oui, mais en fait étaient-ils fondés?

– Ça, on ne le saura jamais. Déjà qu'il est difficile au Châtelet d'y voir clair en période de calme! Tout ce que l'on peut dire, c'est que Mazzotti était catholique et que son exécution est passée dans le flot de cette sordide croisade. Il était paraît-il en affaire avec Heucqueville qui se serait retrouvé opportunément libéré d'une grosse dette, mais on n'a rien retrouvé. Et puis il était italien, ce qui depuis le règne de la Médicis n'est pas des mieux portés et le Châtelet qui avait d'autres crapaudailles à balayer ne s'est pas attardé. Mais je n'aimais pas Heucqueville déjà à Lyon.

– Pourquoi?

– D'abord, son père avait mauvaise réputation dans sa corporation. Bien sûr comme dans tout métier une certaine forme de soupçon pèse sur la profession. Chez les magistrats c'est la corruption ou l'incapacité, chez les marchands de vin c'est de mouiller leur piquette, chez les mignons c'est la sodomie et chez les orfèvres c'est la malhonnêteté des métaux. Ce sont des soupçons provoqués par quelques faits avérés de certains de ses membres, mais abusivement étendus à tout le corps. Je peux en témoigner pour nombre de mes collègues, les «long-vêtus» dont les robes servent à camoufler la rapacité et les cols d'hermine à maintenir la bêtise bien au chaud, mais il y a tout de même des exceptions! Ah! Ah! En tout cas, Heucqueville père a eu des problèmes sur la qualité des métaux précieux qu'il employait. Mais il en a réchappé.

– Comment?

– Une tare en équilibrant une autre: par la corruption des juges. Il a payé ce qu'il fallait. Mais enfin ce n'est pas pour cela qu'il me déplaisait. En général, d'ailleurs, qu'y a-t-il de plus sympathique qu'un escroc et de plus revêche qu'un homme intègre? L'escroc se doit de séduire car sa pratique réclame la confiance. L'homme intègre s'estime assez méritant par son honnêteté pour s'épargner l'effort de plaire. Non, crois-moi, dans le commerce quotidien la fréquentation des escrocs est beaucoup plus agréable. Simplement il faut garder sa main sur sa bourse et éviter d'être en affaire avec eux. Donc Heucqueville était sympathique, mais il m'a toujours semblé aussi faux que certaines monnaies qui brillent et ne résistent ni au son ni au trébuchet. Et puis il y a eu l'affaire Montecuculli.

– De quoi s'agit-il?

– Ah, voilà ces petits jeunes! Ça passe des années dans Aristote et saint Augustin, ça sait tout des conquêtes d'Alexandre et du règne de César et rien des événements proches d'eux et qui ont pesé directement sur leur destinée.

Mon ignorance semblait le réjouir. Ce n'était pas la première fois que je remarquai ce phénomène, dû au plaisir innocent de pouvoir raconter un fait d'importance à quelqu'un qui jusque-là en ignorait l'existence.

Il se cala dans son fauteuil et après un silence, sans doute étudié dans sa carrière d'avocat pour retenir l'attention de ses auditeurs, mais qui en l'occurrence lui laissait le temps de choisir sous quel angle il exposerait au béotien que j'étais l'affaire en question. En fait je perdis assez vite mon air goguenard. Comme la face du Royaume pour le nez de Diane de Poitiers, le destin de la France eût assurément été différent si certains événements n'avaient pas entraîné la mort tragique, à Lyon, à l'automne 1536, de Sebastiano del Montecuculli.

– En janvier 36, le roi François se transporta à Lyon avec son conseil et la Cour. Cela provoqua un grand mouvement de population et agitation du commerce et des affaires. Dans les alentours s'installa l'armée royale de plus de quarante mille hommes qu'il fallait nourrir, équiper et distraire. Il s'agissait pour le roi d'avancer ses affaires italiennes, notamment vers le Milanais. Et Chabot de Brion, l'amiral, d'envahir la Bresse et la Savoie et de passer les Alpes pour s'emparer du Piémont et d'installer garnison à Pignerol, Turin, Toscano et Coni. Et le roi d'y envoyer des officiers royaux et de créer un parlement à Chambéry. Bien entendu l'empereur Charles Quint prit l'affaire comme une injure personnelle, le duc de Savoie étant de ses parents. Mais surtout il ne pouvait se permettre de laisser sous menace française le Milanais qui était comme le verrou méridional de ses territoires autrichiens. Ses troupes sous le commandement d'Antonio de Leyva reprirent possession du Piémont, puis, avec lui-même à leur tête, partirent de Nice pour envahir la Provence. Sans doute je t'ennuie?

– Non, pas du tout, mais curieusement le collège en apprend plus sur les campagnes d'Hannibal que sur l'histoire de notre siècle.

– En tout cas, cela est important pour comprendre les événements qui t'intéressent. En juillet donc l'empereur envahit la Provence depuis Nice, et Montmorency que le roi a rappelé à la tête de son armée organise la dévastation de la région. Les villages sont désertés, les puits empoisonnés, le bétail chassé ou abattu, les récoltes brûlées. Montmorency, lui, a rassemblé ses troupes dans les plaines du Venaissin et se garde bien de livrer bataille. Les impériaux n'ont que la pierraille provençale à se mettre sous la dent et leur sueur pour se désaltérer. Ils feront même la bêtise de croquer les raisins verts dans les vignes et l'armée entière, la culotte baissée, fumera la terre au lieu de se battre. Au début du mois d'août, le roi, les princes et son conseil laissèrent Lyon pour le Sud. Or quelques jours avant de quitter, le dauphin François tomba malade. Si gravement qu'en passant par Tournon on l'y laissa et qu'après deux ou trois jours d'agonie il mourut le 10 août au matin. C'est à cette minute que son frère cadet Henri devint le dauphin et la Médicis la future reine et donc régente à venir et par là même nos rois François, Charles et notre singulier Henri. On ne peut refaire l'histoire comme une multiplication à erreur ou une omelette ratée, il est donc impossible de dire si les choses seraient mieux allées avec le dauphin François qu'avec le dauphin Henri, en tout cas elles seraient allées autrement.

Je m'impatientais moins, le vieil avocat avait le sens

du récit et donnait du poids à chacune de ses phrases, que je ne m'inquiétais de savoir si le vieil homme savait toujours où il voulait en venir.

– Mais, et Montecutti là-dedans?

– Montecuculli, Montecuculli! Patience, j'y arrive. Le dauphin François donc meurt. Il avait dix-huit ans et rien ne le laissait prévoir. Tu imagines la stupeur et le désarroi. Un coup de tonnerre dans un limpide ciel d'été. D'ailleurs personne ne voulut l'annoncer au roi et c'est le cardinal de Lorraine qui finit par consentir, mais il bégaya tant d'émotion que le roi comprit de lui-même et dit les mots à sa place. Cette mort du dauphin était tellement inconcevable qu'incontinent la rumeur courut: il y avait eu assassinat.

– Mais a-t-on visité le corps?

– Oui, dès le lendemain du décès, on ouvre et on visite, devant notaires, grands seigneurs, valets de chambre et force barbiers, médecins et surgeons. Ils étaient plus de vingt dont Loys de Ronsard, le propre père de notre Pierre, et les seigneurs de Cossé et de la Noue et même François Miron, l'aïeul de Marc, celui de notre roi Henri.

– Et qu'a-t-on trouvé?

– Rien, strictement rien de suspect. Mais la rumeur ne s'encombre pas des faits qui pourraient la déranger, elle a même tendance à les mépriser. En l'occurrence l'effroi était trop grand et tu t'apercevras avec l'âge que l'homme est face à la mort trop désemparé pour ne pas chercher frénétiquement une explication à l'inexplicable. Or le dauphin était mal en train depuis plusieurs jours. Peu avant son départ de Lyon, il avait furieusement joué à la paume dans le pré d'Aysnay, près de l'abbaye où logeait la famille royale. Sous le soleil de plomb et tapant fort et courant et transpirant et ainsi pour se reposer de se rendre à la maison du Plat à lion et commander qu'on lui apporte de l'eau fraîche que l'on s'en va tirer du puits de l'abbaye et qu'on lui présente dans un pot en terre du Portugal qui conserve la fraîcheur. Il la boit et se sent mal. Dans un premier temps il est évident pour tout le monde que c'est l'eau glacée après la débauche d'efforts qui est cause. Le trop froid après le trop chaud, et le corps qui casse comme une écuelle que tu mets au four après l'avoir laissée dans le froid de ta fenêtre. On a aussi parlé d'excès d'un tout autre genre avec la jeune dame de l'Estrange qui était sa mignonne de couchette, très ardente à ce que l'on dit. Et puis cette mort soudaine, le désespoir du roi, la menace des impériaux, la crainte de voir le clan des Italiens encore favorisé par Catherine devenue reine de France, tout cela rendait impérieux de trouver une explication. Et voilà comment naît la rumeur, et voilà comment elle s'empare des esprits: le dauphin a été empoisonné. Et qui dit boisson dit échanson et pour comble l'échanson du dauphin est étranger, mieux encore italien. Et tout s'explique. Il y a eu complot malveillant de l'empereur et Sebastiano del Montecuculli en a été le bras maléfique. Certes il n'a pas apporté l'eau au prince puisqu'il y avait le page, il ne l'a même pas tirée du puits, mais peu importe, il a profité d'un moment d'inattention et y a versé une poudre de sublimé et d'arsenic. Et si l'on n'a rien trouvé en visitant le cadavre, c'est que l'on a mal cherché. On l'arrête et comme lorsqu'on lui pose poliment la question, il répond n'y être pour rien et dépité de la mort de son prince et contestant avec véhémence, on lui repose la question mais avec les instruments de circonstance. Et là figure-toi qu'il avoue tout ce qu'on veut et même que cela en devient gênant et qu'il faut trier. Va pour Antonio de Leyva agissant pour le compte de l'empereur, limite quant à François de Gonzague, prince de Malfetto, mais embarrassant pour Guillaume de Dinteville, seigneur des Chenêts, qui n'allait pas dans le tableau. Après l'avoir fait avouer, on lui fit faire amende honorable et l'on retira donc Dinteville, afin de trouver ce que l'on cherchait depuis le début derrière tout cela: l'empereur Charles. Non seulement envahisseur du royaume, mais perfide et déloyal chevalier. Mais tout cela est fragile, chacun peut s'imaginer sous les pinces, les poulies et les fers rougis avouant avoir tué père et mère, engrossé sœurs et grand-mères, répandu le choléra et la peste et provoqué la fin prématurée de Marcel II qui, il t'en souvient, ne fut pape que trois semaines.

— Mais pourquoi êtes-vous tellement sûr de l'innocence de Monteculli?

— Montecuculli! D'abord, je n'ai jamais cru en des aveux arrangés par la torture. Ensuite, j'ai vu le soupçon naître après coup et modifier les faits à sa manière. Et puis il faut tout de même user parfois de son bon sens. Quel était l'intérêt de l'empereur à voir disparaître le dauphin alors qu'il y avait deux frères cadets? Le roi, je veux bien, mais le dauphin? En revanche, l'accusation impériale a permis de transformer le chagrin du roi en colère indignée contre Charles. Notre bon roi François n'était d'ailleurs pas bien rancunier puisque l'année suivante lui et l'empereur se tapaient sur le ventre à Aigues-Mortes et deux ans plus tard Paris le recevait triomphalement après qu'on l'eut aimablement invité à traverser la France pour aller mater sa bonne ville de Gand qui s'insurgeait. En tout cas pour l'instant il s'agissait d'aider le roi à purger sa douleur et certains de ses proches étaient tellement persuadés du complot qu'ils ont donné un léger coup de pouce à la réalité des faits. Et donc le second jour du procès de Montecuculli et à huis clos, un mystérieux témoin est venu dire avoir vu l'échanson profiter d'une seconde d'inattention du page du dauphin pour verser dans le pot de céramique qui se trouvait sur la margelle du puits de l'abbaye une mystérieuse poudre qui ne pouvait être que de sublimé et d'arsenic. Montecuculli était cette fois confondu par un témoin visuel.

– Et ensuite ?

– Il fut condamné et exécuté de la pire des manières en tant que régicide, ce qui, la victime n'étant encore que dauphin, était quelque peu prématuré. Ses membres écartelés, exposés aux quatre portes, son sexe tranché, les yeux arrachés et les dents brisées ; et sa tête finit dit-on par servir de balle aux enfants de la ville pour quelque partie de pelote.

– Et le témoin ?

– Son nom n'a pas été divulgué, mais la rumeur a très vite couru qu'il s'agissait d'un orfèvre qui reçut par la suite d'importantes commandes de la Cour qui l'amenèrent naturellement à s'installer à Paris. Mais une fois encore ce n'était que rumeur. En tout cas dans la basoche et le judiciaire lyonnais chacun était persuadé que c'était Heucqueville.

– Mais pas de preuves, il pouvait donc s'agir de coïncidence ?

– Oui, tu as raison mais il y avait l'impression qu'il était homme à cela et pour moi il y avait un autre indice qui ne laisse aucun doute. Tiens, prends un de ces chandeliers et suis-moi.

Le vieil homme se dressa péniblement sur ses jambes en s'appuyant sur les bras de son fauteuil, puis s'aidant de sa canne se rendit à petits pas à l'extrémité de la pièce. Il était face à sa bibliothèque et commença à fouiller parmi les livres colloqués à hauteur des yeux.

– Approche un peu la lumière.

Il finit par retirer de l'étagère un volume relié in-octavo et revint vers son fauteuil en le brandissant, l'air goguenard. Il se rassit lourdement, reprit son souffle et me tendit le volume en disant :

– Comme tu vas pouvoir le constater, les hommes ne sont jamais décevants. Le dauphin mort et enterré, l'empereur ayant évacué la Provence avec ses troupes affamées, mourant de soif et les tripes vidées, le corps de Montecuculli éparpillé aux quatre vents, l'esprit du peuple apaisé, celui du roi détourné de l'effrayante fatalité, restaient à s'agiter les hommes de lettres et les poètes. L'occasion était à ne pas manquer, la mort tragique d'un jeune prince, la perfidie remarquable d'un étranger, et surtout la présence et l'émotion de la Cour et du roi en cette bonne ville de Lyon décidèrent certains à faire illico un Tombeau du Dauphin.

Il ouvrit le volume et me lut la page de titre :

Recueil de
vers latins et vul
gaires de plusieurs poetes francois
composés sur le trespas de
feu Monsieur le Dauphin.

«Et cela fut publié dès le novembre suivant par le libraire François Juste de Lyon. Bien entendu la *gens litteratura* ne pouvait manquer de se mettre en avant et d'en retirer quelques faveurs royales ou pour certains de faire amende profitable.

Il m'avait tendu le volume et je le feuilletais.

– Nicolas Bourbon?

– Ses *Nugae*, publiés deux ou trois ans auparavant, sentaient le fagot.

– Visagier?

– Il s'en était imprudemment pris aux mauvais moines.

– Marot?

– Exilé à Venise, il multipliait les épîtres à François et à Marguerite pour obtenir indulgence et pouvoir revenir en France. Cela lui fut accordé quelques mois plus loin.

– Et les autres?

– Étaient représentées un peu de toutes les puissances lyonnaises: la Justice, l'Église, le consulat avec Scève, l'hôtel-Dieu avec du Cartex, le collège de la Trinité et même, si tu regardes attentivement en fin de volume, l'orfèvrerie avec Heucqueville.

– Il était poète?

– S'il l'était, c'était en chambre car on n'a jamais rien lu de lui ni avant ni après. Je suis à peu près sûr qu'il n'a de sa vie écrit que les huit vers de son épigramme de circonstance.

– Mais alors pourquoi?

– Eh bien si c'est lui le témoin à huis clos, on peut penser qu'il a voulu se rappeler au souvenir de certains hauts personnages et pourquoi pas à des promesses qu'on lui avait faites.

– Et si ce n'était pas lui?

– Alors cela devient très difficile à comprendre.

– Cela ne vous dérange pas que je prenne copie de l'épigramme?

– Aucunement et bien moins que si tu m'avais demandé de te prêter l'ouvrage. D'expérience je sais que «livre prêté livre envolé». Tu trouveras de quoi écrire sur ce meuble.

Et je copiai le très oubliable poème du sieur Heucqueville:

Ainsi, juste et innocent, l'Ange royal
Était, à notre ignorance, mortel,
Encore ne bastait qu'en tournoi royal
Du fer l'injuste mort soit séquelle
Mais scorpion, qui te précipite,
Montecuculli perfide, ton nom
Qui à deux fois s'empue le sodomite
Brûle et souffre éternel hors rançon.

Ayant achevé ma tâche, je ne fis qu'un commentaire qui fit sourire son interlocuteur:

– J'espère qu'il avait plus de talent à ciseler les métaux que les vers!

V

Lorsque je sortis de chez Grandjon, une nuit mauvaise tombait. Le temps, ce qui était à craindre en ce décembre, s'était brutalement rafraîchi et surtout une bise glacée s'engouffrait dans les ruelles du Quartier latin à donner le sentiment de transir jusqu'aux moelles. La nuit et la froidure avaient comme par magisme vidé les rues et fermé les boutiques. Le cœur joyeux des informations recueillies, je parcourus le chemin jusqu'à la rue de Latran, plus en courant qu'en marchant. À quelques dizaines de pas du Drap d'or, je rencontrai William qui lui aussi se rendait chez Bruno. Mon maître était comme à son habitude au feu de sa cheminée. À notre arrivée il leva les yeux de ses papiers et nous accueillit comme s'il était temps pour lui d'interrompre son travail. Il nous invita à nous réchauffer, nous fit asseoir et nous servit à boire chaud.

William était sur sa réserve et moi impatient d'être en tête à tête avec mon maître. William le remercia en quelques mots français maladroits, visiblement appris de peu de jours. Bruno reprit en latin la conversation entamée place Maubert.

– Tu veux être acteur, mais as-tu déjà joué ?

– Oui, quelques fois à l'occasion de troupes s'arrêtant dans ma petite ville, et pour rendre service dans des rôles mineurs. Mais je voudrais en faire profession et si j'en suis capable écrire de moi-même.

– Quelle sorte de théâtre?

– Peu importe, comédie ou tragédie ou pièces d'histoire, mais surtout divertir des hommes et femmes et dans le même temps faire passer ses pensées, ses peurs, ses sensations, ce que l'on ressent d'amour et de haine, d'ambition, de colère, n'est-ce pas merveille? Les comédiens ne sont-ils pas l'abrégé et la brève chronique de ce temps?

Il semblait à mesure qu'il parlait se départir de sa timidité. On dit bien que les comédiens qui béguent au quotidien prennent de l'assurance face aux spectateurs.

– Et pour le moment? lui demanda Bruno.

– J'essaie de voir des spectacles mais il y en a peu et en tout cas bien moins qu'à Londres.

– Oui, je sais, c'est l'hiver et donc les joueurs de farce de la place Maubert ou des tréteaux du pont Alais restent au chaud. Il faut attendre le printemps pour entendre à nouveau les tambourins aux carrefours.

J'intervins alors pour expliquer que la Confrérie de la Passion avait de privilège royal le monopole des spectacles dans la ville, les faubourgs et la banlieue de Paris en leur salle en l'hôtel de Bourgogne, rue Neuve-Saint-François, et qu'elle y jouait les Mystères et certaines farces et jeux anciens. Le Parlement avait fait interdire les spectacles dans les collèges comme indécents et atteignant à l'honneur de la famille royale et de hauts personnages. Mais que parfois les comédiens jouaient sans permission.

– Oui, dit William, j'ai vu *I Confidenti* avec leur *prima donna* Ponti à l'hôtel de Cluny.

– Et qu'en as-tu pensé ?

– C'était une pièce de *commedia dell'arte* dont j'ai oublié le nom. Et j'étais heureux de voir enfin sur scène Pantalon, Zanni, le Pédant, Brighella, Arlequin et la Franceschina. J'ai bien ri mais cela manque de construction, et on ne donnait pas de *commedia sostenuta*. Et puis j'ai vu les Basochiens jouer *Lucrèce* de Filleul à l'hôtel de Bourgogne et me suis fortement ennuyé.

– Le roi aussi qui a fait venir les Gelosi à Paris pour se divertir ne va jamais aux tragédies qui le font bâiller ou qui sont à parfum de Ligue.

– Et puis l'on m'a parlé de pastorale mais je n'ai pu en voir. En fait rien de tout cela ne me satisfait vraiment. Je cherche surtout des textes introuvables à Londres.

– Qu'est-ce que tu lis ?

– Surtout les auteurs latins, Ovide, Sénèque, Virgile, Plutarque. Lorsqu'il est possible en traductions anglaises, cela va plus vite et sans doute les nuances m'échappent moins.

– Et Plaute chez qui tout vient des Grecs.

– Oui, je sais, mais vous me disiez l'autre jour la richesse des auteurs italiens et je ne connais que Boccace traduit en anglais par Eliot.

– Tu auras des difficultés à y trouver matière à tragédie mais tout de même vois dans les nouvelles de Bandello ou chez Giraldi Cintio qui a traité de la jalousie dans ses *Ecatommiti*. Mais c'est surtout pour la comédie, il faut que tu lises Giovanni Fiorentino, Straparolla et même l'Arioste.

Je vis que William s'efforçait de retenir mentalement les noms qu'énonçait mon maître.

115

– Mais tu ne lis pas l'italien?

– Non, un peu le français. Avant de quitter Paris je vais tâcher de trouver ce qui est traduit.

– Mais tout cela n'est pas le plus important. L'intrigue de la pièce ne sert qu'à retenir l'attention du spectateur qui a besoin d'une histoire, de la suivre et d'être ému, mais chaque écrivain fera de la même histoire une chose propre à lui. Il en est comme de la pelote, toujours la même, mais que chaque joueur renvoie au mur de sa manière.

– Que voulez-vous dire?

– Eh bien chacun va raconter l'histoire à sa façon et enchaîner l'intrigue et les caractères selon sa sensibilité et son intelligence de la vie et employer les mots à lui pour décrire et raconter. L'histoire est comme un squelette humain qui se ressemble chez tous; c'est la chair qui l'entoure, la physionomie de chaque être, sa corpulence, sa voix, la couleur de ses cheveux, de ses yeux, la forme de sa bouche, qui vont la rendre unique. L'histoire que tu raconteras, par ce que tu y mettras de ta vie et les mots choisis par toi, sera différente de celle racontée par Jodelle ou Garnier.

«Et ensuite, reprit Bruno, il y a le jeu des acteurs qui sont comme les habits dont nous habillons notre corps. Un jour en noir, un autre de bariolé, en habit d'hiver ou en vêtement d'été, en habit de fête, de cérémonie de deuil, ou domestique à notre foyer. Ils sont comme les différentes façons possibles de jouer la même pièce. Oui, il me navre de voir les comédiens mettre la passion en purs lambeaux à en fendre l'oreille des spectateurs, ou qu'ils soient trop timorés ou encore que les comiques en disent plus qu'il n'est écrit pour eux.

116

Enfin pour le signifier autrement il est souhaitable qu'ils adaptent le geste sur la parole et la parole sur le geste en se gardant de ne pas outrepasser la modération naturelle.

Et Bruno d'ajouter:

– C'est chose rare et c'est pour cela que par précaution j'ai écrit une comédie injouable. Je ne risque d'être trahi que par les lecteurs…

William proposa de nous laisser et Bruno se doutant de mon impatience ne le retint pas. Il nous salua.

Bruno tout de suite me questionna:

– Alors, qu'as-tu appris?

Je lui rapportai rapidement mon déjeuner avec mon oncle puis dans ses moindres détails l'affaire Montecuculli. Il ne m'interrompit pas une seule fois. Lorsque je posai l'épigramme sur la table, il la prit en main et s'approcha de la chandelle pour mieux la lire. Puis il la reposa, et au bout d'une dizaine de secondes s'en saisit pour la scruter à nouveau.

– Comment était le reste du volume?

– Une trentaine de poèmes, les trois quarts en latin; plusieurs morceaux de Dolet et Scève, et en fin de volume quelques pièces isolées plus courtes dont celle de Heucqueville.

– Et ce Montecuculli avait-il de la famille?

– Que voulez-vous dire?

Je dis cela pour gagner quelques secondes mais je compris à sa question que dans l'enthousiasme de ce que m'avait raconté Grandjon, j'avais totalement oublié de me renseigner à ce sujet.

– Eh bien était-il marié, avait-il des enfants, des frères, et que sont-ils devenus après son supplice?

– Non, j'avoue que je n'y ai pas pensé, mais je vais retourner le rencontrer demain matin.

Il me resservit de son vin chaud à la cannelle et sucré et reprit à nouveau l'épigramme.

– Heucqueville était vraiment une puanterie.

– Pourquoi?

– Laisse-moi la nuit pour mettre de l'ordre dans mes idées et nous en reparlerons demain. Tâche de trouver les renseignements sur Montecuculli. Même si l'avocat ne peut te les fournir, demande-lui de t'indiquer quelqu'un.

– Et vous parvenez à travailler et à écrire au milieu de tous les remous de l'affaire Heucqueville?

– Ce que j'ai publié depuis que je suis à Paris était depuis longtemps dans mon esprit ou sur le papier. Par exemple pour *De umbris idearum* et *Cantus Circaeus,* j'y réfléchis depuis une quinzaine d'années, j'en avais déjà écrit de multiples passages, qu'il a fallu rassembler de manière cohérente.

– Et le *Candelaio*?

– Là aussi j'en ai écrit des scènes pour me retenir de la fureur qui risquait de m'emporter. Depuis que je suis à Paris, je les ai ordonnées sous forme de comédie mais qui diffère totalement de celles de della Porta ou du Tasse. Je pense aussi avoir pris du plaisir par là de retrouver ces gens du peuple de Naples que j'ai tellement aimés. Le *Candelaio* c'est aussi ma manière de régler leur compte à toutes ces faussetés que j'ai rencontrées.

– Et ce pédant de Manfrerio, c'est quelqu'un que vous avez rencontré? À Naples?

– Oui, et déjà à Nola. Tu m'as demandé l'autre jour

comment j'étais entré chez les frères. Eh bien c'est par la science et malgré ces gens-là. Après que Dom Gian Domenico m'ait enseigné les rudiments, je suis allé à l'école fondée par Bartolo Alora delle Castello où j'ai étudié la langue et la grammaire latines et les auteurs classiques. J'ai détesté la méthode et le pédantisme des grammairiens qui s'acharnent sur les mots et oublient la réalité dont ils traitent. Ils confondent langue et philosophie, et vont jusqu'à corriger les auteurs étudiés mais sont incapables d'entendre ce qu'ils disent vraiment sur le fait d'être vivant. Érasme écrivait déjà qu'il n'y avait rien de plus calamiteux, rien de plus disgracié, rien de plus mal aimé des dieux que la race des grammairiens. Ils ont tout fait pour me rebuter, mais le poison de la curiosité m'était inoculé. Les mauvais maîtres peuvent te dégoûter comme ils peuvent te pousser à montrer combien ils se trompent.

– Et vous n'avez jamais eu de professeur à respecter?

– Si, heureusement, lorsque je suis entré à l'université de Naples j'ai suivi les leçons particulières de Teofilo da Vairano, mon maître, et découvert la philosophie. Mes yeux se sont dessillés et j'ai compris pourquoi j'avais espéré. Il m'a initié à Augustin et par lui aux Grecs et cela m'a aidé à m'empoigner avec l'aristotélisme rigide qui régnait en maître des esprits. Curieusement, mon second maître, Vincenzo Colle da Sarno, était aristotélicien, mais avec lui j'ai découvert un autre Aristote plus subtil que celui des grammairiens. Comme quoi peu importe la voie choisie, il y a les ânes qui braient et ne savent faire que cela, et il y a ceux qui exercent honnêtement leur travail asinesque à transporter les fardeaux, à tourner la roue du moulin ou à te rendre le voyage possible. Et puis à peu près à l'âge où William s'est retrouvé marié malgré lui, je suis entré au couvent. Encore un mariage qui s'est mal terminé, mais je te raconterai mon divorce d'avec l'Église une autre fois.

Je saluai Bruno et le laissai à la mélancolie de ses remembrances.

Le lendemain matin, je frappai à la porte de Grandjon à la première heure décente pour une visite. Il était déjà dans son bureau et m'accueillit joyeusement.

– Ah! mais tu ne peux plus te passer de moi.

Je lui exposai le pourquoi de ma visite.

– Écoute, de cela je ne peux rien pour toi. Il me semble qu'il était marié mais mon souvenir est flou et j'ai assisté au spectacle d'assez loin.

– Connaîtriez-vous quelqu'un qui pourrait en savoir plus?

– Laisse-moi réfléchir… Il faudrait qu'il s'agisse d'un Italien ayant vécu les événements et côtoyé Montecuculli… Mais pourquoi cela t'intéresse-t-il tellement? Tu ne m'as pas dit hier que tu étais des intimes de ce défroqué d'Italien qui a tapé dans l'œil de ce cher roi Henri qui l'a fait lecteur de son Collège royal?

Je lui expliquai en deux mots que Bruno étant voisin du massacre, le lieutenant Dagron lui avait demandé de traduire une phrase en italien trouvée sur place.

– Laquelle?

Je mentis effrontément:

– On ne me l'a pas dit. «Secret d'enquête». Et puis ensuite j'en ai entendu parler à la maison et donc la curiosité me pousse à savoir qui pouvaient être ces libraires orfèvres capables d'avoir suscité une telle haine.

Grandjon me regardait les paupières closes. J'étais sûr qu'il ne croyait pas un mot de ma réponse mais il n'en laissa rien paraître. Et puis au fait, comment avait-il appris depuis la veille au soir que je connaissais Bruno? Paris est un village où tout se sait et où tout se voit. Mais comment un vieillard qui sort visiblement peu de chez lui s'est-il trouvé renseigné en quelques heures? Ou bien le savait-il déjà la veille et n'en avait-il rien dit?

– Écoute, va voir Delpierre, le financier des Lorrains. En fait, il s'appelle Del Piero, a commencé sa carrière à Lyon dans les années 30 et sa famille est de Ferrare. Il était à Lyon en 36 et avec un peu de chance il pourra te renseigner. Mais il n'est pas plus jeune que moi et de mauvaise santé, je ne sais s'il te recevra et surtout comment se porte sa mémoire. Étant donné sa richesse, je pense que pour les chiffres il n'a aucun problème, pour les êtres humains de ses souvenirs je ne sais. Tu penses donc qu'il y a un lien entre la mort de Montecuculli et le massacre des Heucqueville?

– Aucune idée. Mais il faut avouer que plus j'en apprends et plus le lisse orfèvre laisse voir de sombres aspérités.

– Oui, oui, comme tout le monde. Tu te mets à fouiller le passé, l'intime, le caché de n'importe qui et tout se complique et se trouble.

– D'accord mais il est rare que cela se termine par une tuerie d'un tel féroce et il faut bien qu'il y ait une cause en proportion.

– C'est peut-être un fou.

– Oui mais alors c'est un fou, ou bien deux, avec

méthode et que personne n'a vu. Ce n'est pas un fou désorganisé et pourquoi un fou en fait bien raisonnable a-t-il fait cela? On en revient à la cause qui ne peut être ordinaire. Voilà, j'essaie de comprendre qui était Heucqueville juste par curiosité de l'humain.

Avant de nous quitter Grandjon me fit promettre de le tenir au courant de l'enquête. Je promis tout ce qu'il voulut.

Je sortis de chez lui un brin désarçonné, j'aurais assurément pu me douter que mes questions allaient en provoquer d'autres en retour. Mais ce n'était pas seulement cela, il y avait eu dans le ton de la conversation quelque chose qui m'échappait.

L'hôtel de Delpierre était sur la rive droite, rue Culture-Sainte-Catherine. Je traversai donc la Seine. Non sans difficulté car le froid de la veille s'était accentué et l'eau que le débordement de la Seine avait laissée dans les rues avait gelé. Un portier me fit attendre puis revint me dire que son maître venait d'être saigné et ne se sentait pas très bien. Il ne pouvait donc me recevoir ce jour mais si je voulais bien me présenter le lendemain et s'il était moins alenti, je le verrais.

Bien que mon butin fût maigre, je décidai de retourner rue de Latran pour y partager le déjeuner de Bruno. Je pourrais lui annoncer avoir une piste et surtout j'espérais beaucoup qu'il me livrerait comme promis le résultat de ses réflexions.

Les rues proches de la Seine étaient comme prises par les glaces et quasiment impraticables. Il fallait avancer pas à pas et pour certains il semblait plus prudent de se déplacer carrément à quatre pattes. Je montai chez Bruno et trouvai sa chambre déserte. Comme je sortais du Drap d'or Robillard m'interpella et me fit entrer au chaud de sa boutique.

– Un carrosse est venu chercher le sieur Bruno il y a une demi-heure. Déjà ce matin, tôt, un valet était venu le visiter. Ah, notre philosophe fréquente la Haute. Mais enfin si vous voulez manger un bol de soupe avec nous, c'est de bon cœur.

J'acceptai spontanément. L'idée de me retrouver dans la froidure du dehors ne me disait absolument rien, et en revanche celle d'échanger quelques mots avec la fraîche Guillemette me tentait tout à fait. Était-ce la chaleur de la soupe ou l'émotion de ma présence, elle avait les joues rouge pivoine. Les Robillard me parlèrent du massacre en cherchant à savoir quel rôle Bruno jouait dans l'enquête en fricotant avec Dagron. Je restai vague sur le sujet et tâchai plutôt de discuter des méfaits de ce froid subit conjugué aux séquelles de la récente inondation. Je compris que le malheur des uns faisant toujours le bonheur des autres, le coup de froid s'était révélé bénéfique pour le commerce de tissus et d'étoffes chaudes, et que les Robillard ne demandaient qu'à voir le mauvais temps actuel durer le plus longtemps possible.

Le déjeuner terminé, je laissai la petite famille à ses prospères affaires et montai attendre Bruno chez lui. Je ranimai le feu, m'installai dans son fauteuil et m'y endormis.

C'est Bruno qui me réveilla une heure plus tard en poussant la porte de sa chambre. Il ne semblait pas marqué par la température glacée de la rue. Je le lui fis remarquer.

– C'est l'avantage de se déplacer enchaudé de couvertures dans un carrosse.

Il enleva son mantel, je voulus lui céder son fauteuil, il m'en empêcha et s'assit sur celui habituellement réservé à ses invités.

– Alors, et la famille Montecuculli?

– Demain, j'espère que j'aurai les renseignements, demain.

Et je lui racontai mes démarches de la matinée.

– Et vous, vous dînez à la cour, maintenant?

– Non pas à la cour, mais chez le président Brebiette.

Je le connaissais pour l'avoir vu quelquefois chez mon père ou chez l'un des mes oncles. Il devait maintenant avoir plus de quatre-vingt-cinq ans et la plupart le désignaient comme «le Président» sans préciser son nom. De grande taille, un nez d'oiseau de proie et des yeux qui vous devinent, d'une immense culture, d'une honnête richesse, c'était une figure emblématique de la Robe parisienne. Il avait toujours eu l'oreille de la Médicis et faisait partie de ces «politiques» qui refusaient les extrêmes. Il était haï et des protestants et des ligueurs qui n'avaient jamais trouvé matière à le salir. Deux fois veuf, il n'avait pas d'enfant.

– Donc de bon matin on a tapé à ma porte. C'était un valet de Brebiette qui venait m'inviter à déjeuner chez son maître. J'acceptai bien sûr et une voiture est venue me chercher en fin de matin.

– Il habite les fossés Saint-Victor.

– Oui, près de la porte Bourdelle. Donc assez loin des inondations glacées, sans cela les chevaux n'auraient pu circuler. Une grande maison avec un jardin de murs clos. L'impression d'être à la campagne à deux pas de Sainte-Geneviève.

– Et le motif de l'invitation?

– Brebiette était paraît-il venu à l'une de mes conférences de Coqueret et depuis était désireux de me revoir et de s'entretenir avec moi. Mais enfin c'est curieux qu'il ait attendu un an !

– Et de quoi avez-vous parlé ?

– Il a commencé par me questionner sur mes travaux actuels, ce qui lui a permis de me montrer qu'il avait soigneusement lu les livres de moi imprimés depuis que je suis à Paris. Il m'a montré sa bibliothèque, ou plutôt ses bibliothèques, car elles occupent au moins trois pièces. C'est sans doute la plus importante qu'il m'ait été donné de voir chez un particulier en France. Mais j'ai surtout eu le sentiment qu'il jouait au chat et au souriceau avec moi.

– Qu'est-ce à dire ?

– Eh bien, par exemple, à l'occasion d'une conversation sur la comédie italienne, il m'a questionné sur la signification de quelques termes du dialecte napolitain rencontrés dans mon *Candelaio*.

– Et alors ?

– Et alors Julien n'a pas imprimé ce livre depuis une semaine que Brebiette l'a déjà en main et l'a lu, ou tout au moins parcouru. Cela demande une certaine organisation, non ? Et au cours de cette conversation brusquement il passe du français à l'italien, prononce quelques phrases dans un toscan parfait puis revient sans broncher au français. Ensuite chaque fois que dans le feu de la discussion je me suis exprimé en italien il a continué en français systématiquement. Avec ces quelques phrases en toscan, il a voulu me signifier quelque chose, mais je ne saurais dire quoi.

– Le Président a toujours été grand manœuvrier des hommes, mais que cherche-t-il de vous ?

– Je ne sais pas exactement mais, par d'infimes détails et sans en avoir l'air, il m'a fait comprendre qu'il savait tout de ma vie parisienne. Mais jamais directement, toujours par allusions. Par exemple il ne m'a pas parlé de toi, mais de ton père et de tes oncles et de telle manière qu'il était évident qu'il était au courant de notre amitié. De même, il n'a pas une seule fois évoqué le massacre de la maison du Coq mais il m'a longuement parlé de Dagron qu'il a connu jeune sergent. Mais là encore de telle manière que je puisse comprendre qu'il savait absolument tout ce que Dagron m'avait dit ou demandé comme service et que j'étais bien concerné au premier chef par l'enquête en cours. C'était très étrange, j'avais l'impression d'être totalement transparent devant lui, mais sans que rien de palpable ne vienne le justifier. À part cela un hôte charmant, attentif, me traitant sans ostentation mais avec goût. La poularde était succulente et les poires d'Auch goûteuses à souhait.

– Et qu'elle a été le reste de la conversation ?

– Eh bien après m'avoir parlé de mes ouvrages, ce qui est bien connaître la vanité des auteurs, de mes leçons comme lecteur royal, de la littérature italienne qu'il a pratiquée plus que moi et, comme accidentellement de Dagron et de ta famille, nous sommes passés au chapitre de la Justice. Et là ce n'était plus du tout anecdotique. C'était même d'une grande élévation d'esprit mais dans la bouche de quelqu'un qui a fait fonctionner l'appareil au plus haut niveau durant des dizaines d'années. Cette partie de la conversation était beaucoup plus «vraie» et comme nos points de vue étaient assez éloignés mais non pas opposés, c'en était fort intéressant. Pour lui parce que d'apparence il est à écrire un traité sur le sujet qui sera comme son testament de haut magistrat. Pour moi parce qu'il m'a obligé à aiguiser mes arguments. Tu remarqueras un jour que non seulement la discussion fait rarement changer d'opinion les contradicteurs, mais qu'il ne sert à rien de discuter avec quelqu'un qui pense noir lorsque tu penses blanc. Les seules conversations utiles sont celles où les opinions vont dans la même direction avec des variations de nuances. Par ailleurs, si, au cours d'une discussion, personne ne change d'avis, par amour-propre ou rigidité de raisonnement, bien souvent c'est après coup que les arguments de l'autre font leur chemin. Et surtout que l'on s'avoue à soi-même les faiblesses que l'on a senties dans son propre raisonnement. Et alors celui-ci commence à évoluer, imperceptiblement. Et ainsi l'esprit chemine d'erreurs en repentances de raison, puiça en nouvelles erreurs de peu moins fausses.

– Et de quel ordre était votre désaccord?

– Curieusement, lui qui a appliqué la loi durant plus de cinquante ans, lorsqu'il n'a pas participé lui-même à son élaboration, qui a fait fonctionner la justice à tous les échelons jusqu'au plus haut, et ce dans notre siècle de troubles extrêmes, et donc ayant dû s'adapter, eh bien! il croit à une sorte de droit naturel tenant lieu de morale personnelle. Alors que moi, le moine, le philosophe, j'ai une vision beaucoup plus pratique et une conviction très simple : la justice n'existe pas. Il y a un pouvoir souverain qui impose sa loi à ceux qui dépendent de lui. Quitte d'ailleurs à changer ladite loi au gré des circonstances. C'est par cette loi que règnent les princes et que royaumes et républiques se maintiennent. Cette loi s'adapte à la complexion et à la nature des peuples et des nations, et repousse l'audace orgueilleuse par la crainte de la justice et l'attente des supplices.

– Mais il y a bien un droit fondamental, un droit naturel?

– Oui, je sais, j'ai lu Thomas d'Aquin moi aussi. Mais il ne faut pas confondre la croyance nécessaire en un droit naturel et la réalité de son existence. S'y référer confère à la loi une légitimité supratemporelle alors qu'en fait la justice n'est que le règne du relatif et du circonstanciel. C'est évident dès que tu prends un cas précis.

– Comme par exemple?

– Regarde ce qui nous fait le plus horreur: les sacrifices humains. Les Babyloniens, les Chaldéens et les ancêtres des Perses n'y trouvaient problème; nous, nous ne les acceptons plus et les découvrons pratiqués dans les nouvelles Indes. Où est la nature humaine dans tout cela? Il nous semble normal de faire souffrir un criminel avant de l'exécuter, qui nous dit qu'un jour les hommes ne trouveront pas cela horrifiant et se poseront peut-être même la question de les tuer? Et l'inceste puni de mort chez nous et pratiqué par les pharaons, et le crime payé de mort pour certains et rachetable pour d'autres: il y a quelques mois le richissime Adjacet, comte de Chateauvillain et fermier de la grande douane de France, n'a-t-il pas effacé son crime de 2 000 écus à sa victime et 500 aux pauvres? Le droit naturel, la morale du droit ne sont que des justifications que le droit se donne.

« Et Brebiette, qui a tant participé au fonctionnement de la machine, de faire référence au *jus sine fortium* d'Aristote et à la « droite raison » du vénérable Ockham et au devoir moral de Marsile de Padoue. En fait j'avais l'impression qu'il cherchait à donner une dimension supérieure à la justice qu'il a exercée si longtemps.

— Oui, Brebiette, ce président incorruptible et rigide à l'extrême.

— Les fantômes du passé viennent peut-être le tirer par les pieds durant ses insomnies de vieillard. Mais lui a rendu la justice, moi je l'ai subie. Ensuite il m'a parlé d'une sorte de contrat à respecter. Je lui ai répondu que je n'avais aucun contrat avec une société humaine que je n'avais pas choisie. Et que j'avais même rompu celui avec l'Ordre, censé à l'origine accepté par moi, parce que l'Ordre n'avait pas respecté ses engagements. Et que malgré, je n'avais eu qu'une seule issue pour échapper à l'Inquisition : m'enfuir. Et à Genève où j'avais philosophiquement raison contre du Faye et politiquement tort, j'ai battu ma coulpe. Comme l'écrit le Florentin : « Il ne peut y avoir de bonnes lois sans de bonnes troupes, et où il y a de bonnes troupes il y a de bonnes lois. »

« Enfin il a souri lorsque je lui ai demandé si les lois de France étaient les mêmes pour lui, président riche et respecté, et pour moi, l'étranger pauvre et défroqué. Je lui ai cité le grand théologien mahométan Al Eghazali qui pensait que les lois ont pour fin non la recherche de la vérité mais la surveillance des mœurs, la persévérance de la paix et la croissance des États.

À me rapporter leur conversation, Bruno, pourtant si aisément assuré de lui-même à l'habitude, devenait songeur.

– Cette discussion avait tout de même quelque chose de singulier qui m'échappe encore. Ce magistrat qui toute sa vie a fait la loi ou rendu justice était en train de me dire que l'on pouvait transgresser au nom d'une valeur suprême. Et moi, le moine philosophant, j'avais le point de vue pragmatique que l'on devait respecter ou s'enfuir sans honte.

– Et comment vous êtes-vous quittés ?

– En promettant de nous retrouver et juste après avoir évoqué la justice divine. Mais il se faisait tard et nous avons décidé de garder ce passionnant mais épineux sujet pour une autre occasion. Je sais à l'avance que lui, le laïc va s'y référer de beaucoup plus près que moi censé d'Église ! Bon, et toi, que faisais-tu endormi dans mon fauteuil ?

Je lui racontai ma matinée, et la piste Delpierre/Del Piero. Je lui dis ma surprise de voir Grandjon me parler de lui alors qu'il ne m'en avait rien dit la veille.

– Oh, il suffit qu'il ait pris un verre hier soir avec ton oncle, c'est pas plus compliqué que cela !

– Oui, mais je ne suis pas sûr que mon oncle connaisse nos relations d'amitié et je suis même à peu près certain du contraire car à part les livres édités il ne s'intéresse plus du tout au monde extérieur. Et alors qu'avez-vous fait de tous les éléments que m'a fournis Grandjon ? Mais peut-être êtes-vous fatigué de parler et préférez-vous que je vous laisse.

– Mais pas du tout.

En réalité, comme je devais le constater à maintes occasions, le fait d'avoir conversé plusieurs heures avec Brebiette, loin de fatiguer Bruno, l'entraînait à ne pouvoir s'arrêter. Lui qui pouvait passer des semaines le

130

bec gelé était, une fois échauffé, pris de paroles comme d'une soif de sentinelle.

– Ce que tu m'as rapporté de l'affaire Montecuculli résout quelques points obscurs et notamment le détail du poignard dans le fondement de Heucqueville. Ce n'est pas un geste gratuitement sadique, on lui a fait payer un jeu de mot maladroit de son épigramme. Tant d'écrivains écrivent impunément des milliers de pages qui mériteraient châtiment, et ce pauvre Heucqueville est puni pour les seules quelques lignes sorties de sa plume.

Il prit la feuille qui était restée sur sa table.

Montecuculli perfide, ton nom
Qui à deux fois s'empue le sodomite.

– Heucqueville, par faiblesse d'imagination poétique et pour complaire aux commanditaires de cette sinistre opération, a joué sur ce *CuCulli*, anodin en italien puisque *Montecuculli* signifie «montagne aux coucous», mais qui résonne si drôlement en français. Je dirais que les meurtriers ont puni l'orfèvre par là où sa pensée a péché. Paix à son âme. Mais surtout l'affaire telle que te l'a rapportée Grandjon peut justifier par son scandale d'injustice une telle rancune de haine. Montecuculli a été accusé, mis à la question, condamné, démembré, alors qu'il était innocent. Car aux arguments de bon sens de Grandjon j'en ajouterai de plus scientifiques. On ne meurt pas d'un empoisonnement arsenicieux huit ou dix jours après. Soit la dose est suffisante et agit dans les deux jours. Soit elle ne l'est pas et le corps en fait son affaire et assimile le poison. À moins bien sûr que la première dose soit suivie de plusieurs autres, ce qui n'était probablement pas possible dans les circonstances et en tout cas jamais évoqué par l'accusation. Par ailleurs, avec l'arsenic tu meurs dans d'horribles souffrances, le corps se vide, les parties en contact avec le poison te brûlent, et encore l'haleine de la victime est horriblement aillée, détail facile à remarquer, surtout pour des gens du Nord. Rien de tout cela n'a été rapporté qui aurait orienté l'ouverture et l'exploration du corps du dauphin. Mais on a accusé Montecuculli a posteriori pour calmer le peuple et détourner l'esprit du roi, et cela en dehors de toute logique et de toute justice. Ces messieurs des lettres en ont ensuite usé pour leurs mesquins intérêts personnels. Et Heucqueville pour ce que l'on sait. Maintenant il reste à trouver qui a pu conserver sa haine au chaud pendant plus de quarante-cinq ans. Qui a été touché assez profondément par ce drame pour, si longtemps après, éliminer le faux témoin et mauvais poète et toute sa descendance. Il faut assurément que ce soit quelqu'un de très proche, enfant ou frère, que ce drame a marqué pour la vie et dont l'existence aura été détruite par l'événement. Donc attendons demain, en espérant que ton entrevue avec Delpierre nous fournira les éléments qui nous manquent. Si Montecuculli avait enfant ou frère cela fera une piste sérieuse et ce sera à nous de voir quoi en faire. Si ce n'est pas le cas… nous aviserons.

– Et le corbeau trouvé sur les lieux ?

– J'ai fouillé dans ma mémoire et puis je suis retourné à Saint-Victor rendre visite à la bibliothèque de maître Cotin. En général, le fait qu'il soit noir comme le péché, que son cri soit lugubre et qu'il se nourrisse de charogne ne fait pas vraiment du corbeau un animal bénéfique. Ce qui tu l'avoueras n'est pas étonnant étant donné le lieu où on l'a déposé. Mais il y a des nuances, ainsi saint Augustin à cause de son cri «cras, cras», donc «demain, demain» en latin, en fait l'image du pêcheur négligent qui remet toujours au lendemain sa conversion. Le service qu'il a rendu à Noé durant le Déluge peut même lui attribuer la perspicacité et selon Elien il aurait des dons divinatoires. Et je te passe les croyances populaires selon lesquelles les corbeaux s'accouplent par la bouche et donc accouchent par la même voie, et que pour cette raison, les femmes enceintes si elles mangent un œuf de corbeau, rendent par la bouche le fruit de leurs entrailles, etc. C'est le problème avec la symbolique, on s'y perd et il est difficile de savoir ce que l'auteur de la tuerie avait en tête.

– Donc vous n'en pensez rien!

– Pas tout à fait. Je t'épargne ce qu'en disent Aristote, Pline, saint Isidore, le bestiaire toscan, Suétone, Strabon, Isaïe, Ovide, Esope et je ne sais plus qui. De ce magma j'isole deux références particulières.

– Lesquelles?

– D'abord le pseudo-Plutarque pour qui Lyon, c'est-à-dire *Lugdunum* en latin, signifierait la «colline du corbeau». Et puis Alciat.

– Ah! mais bien sûr, la «Vengeance juste»!

– Bien. Tu te souviens donc:

Le noir corbeau pour manger avait pris
Ung scorpion, de sa gueule le prit.
Lui se vengeant, par venin épandu,

Son ravisseur soudain mort ha rendu.
Ô cas pour rire, à autrui qui mort dresse
Luy même il meurt.

«Et si j'ajoute que *Toutes les emblèmes* d'Alciat a été édité en 1558 par Guillaume Rouille… à Lyon, je pense que le message devient clair: Lyon et «Vengeance juste», et même si je ne peux pas le prouver tu avoueras que cela ne va pas à l'encontre de la thèse Montecuculli, bien au contraire.

Le soir, lorsque je revins chez moi, mon père me fit venir dans sa pièce de travail et après quelques banalités me demanda d'inviter Bruno à dîner le lendemain soir. C'était la première fois que mon père proposait que Bruno vînt chez nous. Il était tout à fait au courant de notre amitié mais n'avait jusque-là eu l'occasion de le rencontrer que de hasard alors que nous cheminions ensemble dans une rue ou une librairie près du Palais de la Cité. Décidément Bruno devenait un convive recherché.

VI

Au matin, j'allai chez Delpierre qui avait passé une mauvaise nuit et me fit demander de revenir le visiter dans l'après-midi. Puis je me rendis rue de Latran prévenir Bruno du dîner chez mon père. Malgré le froid persistant nous avançâmes jusqu'aux abords de la Seine pour observer les dégâts du gel dans les quartiers proches du fleuve ; il charriait des blocs de glace qui venaient frapper dangereusement les piliers du Petit Pont et du pont Saint-Michel. Ce spectacle insolite attirait les badauds et parmi eux je reconnus un ami de mon père, Pierre de l'Estoile, grand audiencier à la Chancellerie, et que j'ai à plusieurs reprises vu lors de soupers rue des Cordeliers. Veuf depuis deux ans d'une dame de Baillon, il vient de convoler en nouvelles noces. Mon père m'a raconté que depuis le début du règne de Henri, l'Estoile note au quotidien, et à petits bruits, tous les faits grands et minuscules dont il a connaissance se déroulant à Paris et ailleurs dans le royaume. Il consigne paraît-il non seulement les événements du politique ou des lettres, mais les incidents de justice, les drames, les curiosités du climat, les accidents singuliers, les disputes et même tous les pasquils qu'il se peut procurer. Cela doit représenter des milliers de pages qu'il ne montre jamais à quiconque. Quelle étrange occupation que de garder ainsi trace pour des

135

générations à venir dont il ne sait si elles y auront le plus moindre intérêt. J'ai toujours songé à lui en parler et à évoquer ce que de mon côté j'enregistre des conversations de Bruno, mais ce n'était point lieu à cela. Il était en compagnie d'un homme plus jeune qu'il nous a présenté comme François Béroalde, en nous expliquant avoir été l'élève de son père, en compagnie de Théodore Agrippa, et que ledit père l'avait protégé lorsque Condé s'était emparé d'Orléans en 62. Béroalde ayant passé plusieurs années à Genève, lui et Bruno commencèrent à parler de communes connaissances. J'eus l'impression, à les voir discuter de chaleur et se moquant de quelques canassons parés d'anneaux ayant titre de docteur y enseignant, que Béroalde le converti était plus proche d'esprit du moine philosophe que de ces messieurs de Genève. De l'Estoile durant ce temps observait avec attention ces inondations prises par les glaces et ces blocs que naviguait la Seine, comme s'il était déjà le notant dans ses cahiers. Je suis persuadé qu'il a écrit du massacre des Heucqueville comme événement peu ordinaire. Veut-il en enregistrant au quotidien garder le plus commun du temps parce que le plus humain?

Nous nous séparâmes. Bruno semblait tout émoustillé de sa conversation et sans entrer dans le détail, il me dit:

– Quelle étrangeté de calviniste, encore plus venimeux de ses semblables que moi-même qui pourtant leur porte, comme vous dites en français, une dent de lait.

Bruno et moi remontions la rue Saint-Jacques lorsqu'au coin de la rue des Mathurins nous tombâmes sur

Dagron. À l'habitude il apparut heureux de nous voir et proposa de se réchauffer dans un estaminet de la rue du Foin. Comme au Pichet pour notre déjeuner Dagron semblait chez lui et avoir une table réservée à la semaine dans un recoin de la salle. Il prit du vin chaud, cependant que Bruno et moi trouvions plus prudent un bol de bouillon brûlant.

Dagron avait le teint rougeaud et l'œil pétillant. Je compris à sa façon de vider son gobelet et d'en commander un autre que ce n'était pas les premiers de la matinée et qu'il était dans sa manière de lutter contre le froid.

– Alors, lui demanda Bruno, vous avez avancé sur les Mazzotti ?

– Oui et non. Oui parce que certains éléments confirment les premiers soupçons. Non parce que j'ignore où ils se trouvent.

– Et quels sont ces éléments ?

– Les Mazzotti résidaient à Paris depuis plusieurs mois et donc sur place le jour du massacre. Nous avons retrouvé la maison rue Saint-Denis où ils logeaient depuis avril, et les négociants avec lesquels ils étaient en relation d'affaire. Ils faisaient du commerce avec les grandes villes de marché du Piémont, de Lombardie et de Toscane. Le problème est qu'ils ont disparu depuis exactement une semaine, c'est-à-dire le surlendemain du crime.

– Ils sont peut-être en voyage de négoce.

– Non, ils sont partis avec brusquerie du jour au lendemain, sans prévenir personne, et je ne crois pas aux coïncidences. J'ai fait avertir les principales villes étapes sur la route de l'Italie mais trop tard pour les intercepter. Mais je connais pas mal de gens dans la fourniture italienne et retrouverai leurs traces.

– Vous ne croyez pas aux coïncidences et pourtant elles existent et en nombre, et elles endorment notre esprit d'intelligence. Par exemple, avez-vous envisagé que deux jours après le massacre de la maison du Coq tout Paris était au courant et que, se sachant soupçonnables et qu'il n'est pas toujours bien vu d'être italiens dans ce genre de situation, ils ont pensé plus prudent de se mettre à l'abri?

– C'est une éventualité, mais d'expérience je sais aussi que les criminels ont tendance à fuir après leur forfait.

– Les innocents avisés aussi!

– Enfin je verrai lorsque je leur aurai mis la main au col, il sera toujours temps de les interroger.

– Vous savez très bien ce qu'il en est de ces interrogatoires qui vous obligent à parler mais aussi à dire ce que l'on attend de vous.

– Ils peuvent avoir un alibi pour la soirée en question.

– Certes. Ils peuvent aussi être innocents, et n'avoir pas d'alibi et être restés chez eux à jouer aux cartes sans témoins.

– On verra bien ce qu'il en sera. Je suis chargé de trouver des suspects et de les livrer au Châtelet. Ce sera ensuite l'affaire des magistrats.

– Oui, mais l'horreur des huit assassinés et les troubles de la populace quand commencent à se sentir les odeurs de sang et de vengeances dolorantes! Une fois emportés par le courant, impossible d'y échapper. N'y a-t-il aucun élément allant à l'encontre de votre soupçon?

– Peut-être, mais dont je me méfie. M'est revenu le bruit que des hommes de main, des sicaires auraient reçu salaire pour la besogne. Mais cela vient d'informateurs dans la détresse ayant absolument nécessité de m'obliger et donc tout prêts à inventer ou tout au moins à exagérer et puis ces bruits sont vagues, rien de bien précis.

Bruno fit la moue :

– Il y a tout de même dans ce que nous savons des éléments gênants pour votre thèse.

Loin de sembler contrarié par la remarque, Dagron sourit et dit :

– Lesquels selon vous ?

Décidément, il aimait mieux l'affrontement des raisonnements que le confort des hypothèses assises.

– D'abord, êtes-vous certain que la culpabilité de Mazzotti trouve un écho dans les détails les plus singuliers du massacre. Par exemple le poignard ?

– Raffinement sadique et infamant.

– Le corbeau ?

– La «Vengeance juste» :

Le noir corbeau pour manger avait pris
Ung scorpion, de la gueule le prit.
Lui se vengeant, par venin épandu,
Son ravisseur soudain mort ha rendu.

Bruno eut du mal à maîtriser son étonnement. Ce Dagron était décidément un étrange lieutenant. Porté sur le boire, grand amateur de gentes demoiselles, le coup de poing facile et capable de trouver et de citer de mémoire une emblème d'Alciat !

– Très bien, cela confirme qu'il y a eu vengeance, mais ne dit pas que c'est forcément celle des Mazzotti.

Il se tut quelques secondes et reprit :

– Les meurtriers du Pont-au-Change avaient épargné le bébé.

– Eh bien eux ne l'ont pas fait. La vengeance est plus aveugle que le simple crime d'intérêt.

– L'orfèvre Mazzotti avait été pillé. Là, apparemment, rien n'a été dérobé.

– Il s'est agi pour eux de venger leurs parents, ils n'ont pas voulu s'abaisser à rappeler la perte de biens terrestres.

– Et surtout après ma visite à la maison du Coq j'ai réfléchi. Lorsque vous êtes venu me voir la première fois, vous m'avez demandé de vous traduire en français *Ricordi Leone*.

– Oui, et vous avouerez que la boutique du Pont-au-Change ayant pour enseigne un Lion d'argent, cela fait encore une drôle de coïncidence.

– Enfin si l'on veut, car l'inscription n'était pas *Ricordi Leone d'argento*.

– Détail. Ils n'ont pas eu le temps, ou pris la peine, avec *Leone*, l'allusion était bien assez claire.

– Oui mais si ce n'était pas *Leone* ?

– Qu'est-ce à dire ?

– Lorsque j'ai vu l'inscription par moi-même, j'ai eu un doute. Cela peut être *Ricordi Leone* comme cela peut être *Ricordi Lione*. Écrire de son doigt avec du sang sur un mur dans de telles circonstances n'est pas chose aisée et à le lire attentivement ce peut être un *e* comme un *i* trop rapide et maladroit. Et dans le mouvement il est plus proche des *i* de *Ricordi* que du *e* de *Leone*.

– Et alors?

– Cela change tout. Car ce n'est plus: «Souviens-toi du lion» mais: «Souviens-toi de Lyon».

Dagron fit un signe pour réclamer un troisième gobelet. Cette fois-ci c'est lui qui marquait le coup.

– Et vous avez une hypothèse lyonnaise?

– Je ne sais pas encore. Mais vous avez sûrement mené votre enquête de ce côté.

– Oui et je n'ai trouvé qu'une rumeur au sujet de métaux qui n'étaient pas aussi précieux qu'ils auraient dû l'être. Donc rien qui mérite une telle vengeance cinquante ans après.

– Peut-être n'avez-vous pas cherché là où il fallait.

Au départ Bruno voulait dégager les Mazzotti de la glu dont Dagron commençait à enduire leurs pattes, maintenant peut-être emporté par son élan il prenait le risque de piquer Dagron au vif et de l'intriguer. Mais l'enquêteur de profession ne pouvait s'abaisser à questionner directement Bruno sur sa remarque. Il choisit de répondre d'un ton léger et assuré:

– Mais je n'ai pas encore eu toutes les informations que j'ai réclamées.

– Alors revoyons-nous lorsque l'un de nous deux aura du nouveau.

– Très bien, et ce sera peut-être demain! Alors vous publiez des comédies, maintenant. Je vous croyais philosophe et très éloigné d'un genre aussi léger et superficiel.

– Il faut avouer que j'ai la comédie assez empesée et impossible à jouer et plutôt malaisée à lire. Lorsque l'on s'adonne à la philosophie, il est très difficile de lui échapper. Comme le dit le proverbe italien: «Le corbeau n'échappe pas à sa noirceur. » Mais je serai heureux de vous offrir un exemplaire de mon *Candelaio*.

– Merci, mais je ne pourrai pas le lire. Si je lisais l'italien nous ne nous serions jamais rencontrés. Ce sera juste pour garder un souvenir de vous ou pour le cas où j'apprendrais votre langue un jour, et pourquoi pas pour les yeux noirs d'une de vos *ragazze*!

– C'est à ce que l'on dit la façon la meilleure et en tout cas la plus agréable, malheureusement interdite aux gens d'Église. Je suppose aussi que le vocabulaire que l'on acquiert avec une amoureuse n'est pas le même que celui des livres.

Dagron était hilare, et Bruno sérieux comme un chanoine de continuer à comparer les deux méthodes.

– Les livres ont par ailleurs l'immense avantage de pouvoir être refermés et abandonnés sans explications sentimentales ou crises de larmes. Je dois en revanche reconnaître que le soir dans son lit ils tiennent beaucoup moins chaud que le voisinage d'un tendron.

Je me suis toujours demandé pourquoi Bruno n'avait pas carrément franchi la limite de l'enclosure, lui qui autant dans ses paroles que dans ses écrits montrait de réelles dispositions à la paillardise et n'en faisait pas grand péché. Et puis qui est cette Morgana à qui il a dédié le *Candelaio*? Est-il resté sage par philosophie suprême de l'existence ou par fidélité à ses premiers engagements ou encore par peur de l'inconnu de la femme?

Selon ce qui semblait son habitude, Dagron paya notre écot d'un hochement de tête au patron et nous nous séparâmes rue Saint-Jacques. Je raccompagnai Bruno chez lui et rentrai déjeuner chez moi. J'appris de mon père à ma grande surprise que parmi les convives du soir figurerait le président Brebiette, dont les visites chez nous n'étaient pourtant pas des plus fréquentes.

Après le déjeuner, je filai chez Delpierre.

Il semblait faire encore plus froid que le matin et les rares passants que l'on rencontrait dans les rues étaient camouflés sous plusieurs couches de vêtements et de lainages ne laissant apparaître de leur visage qu'une mince fente pour les yeux.

Cette fois-ci, le laquais qui m'accueillit dans l'anti-chambre m'invita à me débarrasser de mon encom-brant emmitouflage puis à le suivre. Après avoir parcouru un couloir et être passé par un vestibule d'où partait un escalier imposant qui montait à l'étage, il m'introduisit dans un salon chauffé par une vaste che-minée et éclairé par un lustre en cristal de Venise. L'endroit était d'un luxe tel que je n'en avais jamais rencontré. D'immenses tapisseries de haute lice de Bruxelles recouvraient deux murs et sur le troisième étaient accrochés plusieurs étages de tableaux parmi lesquels une tête de saint Jean-Baptiste qui m'a semblée du grand Léonard, une *Madone* de Raphaël, un Rosso Fiorentino et un Primatice que je reconnus à leur manière si particulière ainsi que d'autres peintres d'Italie dont j'ignorais le nom.

Le sol était recouvert d'épais tapis turcs, les fenêtres donnant sur le jardin étaient surmontées de bas-reliefs colorés des della Robbia. La pièce était meublée d'un buffet orné de six colonnes cannelées de bois du Brésil avec des arcades, et d'une table avec en son milieu un grand ovale de jaspe enrichi de marqueterie à fleurs, le bord gainé de deux filets de bois d'acaïou, de véritables meubles de cour! Deux *cassone* toscans servaient de supports à une série d'antiquités étrusques ou romaines. Certains parmi les amis de mon père étaient fortunés, mais la Robe n'a pas le luxe ostentatoire. Il semblait que pour un financier étaler sa richesse était montrer son habileté et son savoir-faire à fructifier l'argent. Je savais que Delpierre possédait par ailleurs un domaine en Anjou, le château de Rochefond et le titre de baron allant avec, où il passait la saison chaude et donnait paraît-il des fêtes somptueuses.

J'attendis encore un quart d'heure, ce qui me permit de soigneusement inventorier et admirer le contenu de la pièce, puis le valet vint me chercher. Il me fit monter au premier étage jusqu'à la chambre de Delpierre. Le propriétaire des lieux était assis dans un lit à pente de tapisserie de Turquie, le dos contre des coussins. Il était vêtu d'une chemise de nuit fraisée, un châle sur les épaules et la poitrine, et une coiffe de coton cachait ses cheveux. Son visage était amaigri, ses yeux encavés et sa bouche édentée.

Il m'invita à m'installer dans un fauteuil à proximité de la tête du lit.

– Vous êtes donc Hennequin?

Il me dit avoir croisé mon père et mieux connu certains de mes oncles plus en rapport avec son grand âge. Il avait gardé de ses origines outre-alpines un fort accent.

– Je suis désolé de vous recevoir ainsi mais j'ai une humeur froide, je suis très faible et ne peux me lever. Je tousse du sang, j'ai comme une forge dans la poitrine et ces ânes de médecins ne trouvent rien d'autre à faire que de me saigner, me coller des cataplasmes brûlants et puants et me faire prendre des décoctions de plantes sans autre effet que de me perturber la digestion et ce qu'il s'ensuit. C'est Grandjon qui vous a envoyé. Que puis-je pour vous, en principe on me sollicite pour de l'argent, mais pas un Hennequin.

– Il paraît que vous étiez à Lyon dans les années 30 et que vous pourriez me renseigner sur la famille de Sebastiano del Montecuculli.

– Pourquoi s'intéresser à ce pauvre Sebastiano cinquante ans après? Paix à son âme, il n'était bien entendu pour rien dans la mort du dauphin. Mais il était italien et il fallait sacrifier un bouc pour calmer l'effraiement du bon peuple et de son grand roi.

– Suite au massacre de la maison du Coq, je me suis intéressé au passé de Heucqueville l'orfèvre, et c'est Grandjon qui m'a rapporté la rumeur de l'époque sur son rôle dans la condamnation de Montecuculli.

La respiration de Delpierre était bruyante et il fermait les yeux en m'écoutant. Je n'aurais su dire si c'était de faiblesse ou pour mieux réfléchir à ce qu'il allait me répondre. De temps en temps, deux domestiques pénétraient dans la chambre pour mettre de l'ordre dans la cheminée et alimenter le feu qui y brûlait.

La voix de Delpierre était sifflante, gênée par l'absence totale de dents. Il me fut troublant, encore tout imprégné que j'étais des richesses de son hôtel, de le surprendre dans le délabrement de son corps.

– Ah, Heucqueville! On en a parlé mais on n'a jamais eu de preuves et puis le sujet était sensible, et le

145

roi touché au plus profond et tout le monde s'est empressé de regarder ailleurs. Je suis arrivé à Lyon en 22. J'avais vingt-cinq ans et j'avais fait mes apprentissages chez des banquiers de Florence. J'ai pensé qu'il y avait des possibilités d'utiliser notre expérience de l'argent. Lyon était une ville en pleine expansion et déjà fort industrieuse à l'époque : la soie, l'imprimerie, le négoce avec la proximité de la Suisse, des Terres d'Empire, du Piémont et de la Lombardie et des richesses du duché de Bourgogne, et puis c'était un carrefour sur les routes des foires de Champagne ou du commerce avec la Méditerranée. Tout cela m'a paru favorable à une carrière de banque, et j'avais raison. Lyon avec ses quatre foires annuelles était véritablement la deuxième capitale du royaume. J'ai rencontré Heucqueville qui travaillait avec son père. Il était d'un abord avenant, mais je me suis très vite aperçu qu'il sonnait faux. Après avoir été en délicatesse avec lui à deux ou trois occasions, je l'ai toujours tenu à distance. Et puis il y a eu la venue du roi et de sa Cour et de l'armée. La ville était en ébullition, il n'y avait pas nécessité de chercher les affaires, elles semblaient venir à votre rencontre. La famille de Sebastiano et la mienne étant de Ferrare, nous nous sommes très vite connus et trouvés sympathiques et rendu service. Je connaissais Lyon depuis plus de dix ans et pouvais lui être de bon conseil. Lui m'a introduit dans l'entourage du futur roi. Nous sommes devenus amis un peu plus qu'il n'est nécessaire pour faire agréablement des affaires ensemble. Lorsqu'après cette malheureuse partie de paume, le dauphin mourut et que l'on inventa cette histoire d'arsenic, il n'y avait plus rien de possible.

Il était inutile de se mettre au travers, cela n'aurait rien empêché et c'était risquer d'être emporté par le courant. Le simple fait d'être italien nous rendait suspects. Nous avons rasé les murs, fait semblant de regarder ailleurs, mais pour ma part je n'ai jamais oublié et depuis, malgré tous les événements de ma vie ensuite, je n'ai cessé d'y penser.

– Montecuculli avait-il femme et enfants?

– Oui, une femme très jeune avec déjà deux enfants et elle était enceinte au moment du drame. C'était très dangereux pour elle et les enfants et dès la fin du procès, nous l'avons obligée à quitter Lyon. Et heureusement car si elle avait été sur place au moment du supplice de son mari elle serait devenue folle. Et la foule semblait démente d'enragerie, elle et ses enfants auraient pu en être victimes.

– Qu'est-elle devenue?

– Elle est retournée dans sa famille près de Ferrare et a accouché d'un garçon. Je l'ai revue quelques années plus tard lors d'une visite à mes parents. Elle était mélancolique et comme morte de l'intérieur. Elle ne s'est jamais remariée.

– Et les enfants?

– Ils sont morts tous les trois.

Mon cœur bondit dans ma poitrine. Par ces quelques mots, Delpierre venait d'un seul coup de scier à la base la théorie brunienne pourtant jusque-là parfaitement cohérente.

– Dans quelles conditions?

– Les deux aînés, un garçon et une fille, sont morts d'une maladie d'enfance à cinq ou six ans. Le dernier, celui qui est né après la mort de son père, a été tué adolescent dans une rixe de jeunes gens où les poignards sortent par surprise des ceintures et frappent en traître. Cette fois Anna n'y a pas survécu et quelques mois plus tard elle a rejoint au royaume des ténèbres et son mari et ses trois enfants.

– Montecuculli avait des frères?

– Non, seulement une sœur dont j'ignore ce qu'elle est devenue. En fait c'est comme si après l'ignomi-nieuse fin de Sebastiano la famille Montecuculli avait préféré s'éteindre.

Étant donné le débit difficile de Delpierre, la conversation que je rapporte s'était déroulée à un rythme de lenteur qui l'avait fait durer des heures. Ses phrases étaient ponctuées de silences qui lui permet-taient de prendre sa respiration. Tout cela le fatiguait, mais le sujet lui tenait visiblement trop à cœur pour qu'il ait vraiment envie de s'interrompre. Je ne pouvais m'empêcher de penser que lui-même n'allait pas tar-der à rejoindre le royaume des ombres et y retrouver l'infortunée famille Montecuculli.

– Le sort d'Heucqueville ne m'a pas ému outre mesure. Simplement je ne comprends pas très bien les raisons de cette fureur meurtrière qui n'a épargné ni enfant, ni femme, ni servante. Mais inutile de se tour-ner vers les Montecuculli, ils ont un alibi impossible à contredire: ils sont tous morts.

J'hésitai un peu mais, réfléchissant que je n'avais rien à perdre, je lui demandai:

– Et les Mazzotti?

– Ah, décidément tu as mené une véritable enquête sur Heucqueville. Encore une rumeur de la Saint-Barthélemy et il y en a eu nombre. Heucqueville semble d'ailleurs avoir collectionné les rumeurs sa vie durant sans trop en souffrir jusqu'à la semaine dernière; comme s'il avait payé ses dettes au dernier moment et en une seule traite. Les Mazzotti ont été assassinés et leur boutique pillée dans la nuit du 25 août. Étant donné les circonstances, aucune enquête n'a été menée. Il y a eu des dizaines de cas semblables et personne n'avait intérêt à soulever le couvercle de la marmite. Et puis eux aussi ils étaient italiens. Restent les rumeurs sur Heucqueville, mais pas de preuves.

– Et les deux fils?

– Ils sont retournés dans la famille de leur mère à Sienne et ensuite sont entrés dans le commerce.

– Oui, mais ils sont revenus à Paris en avril.

Malgré ses paupières closes, je vis que Delpierre était étonné que je sois au courant.

– Ils étaient là pour raison de négoce et nous sommes plusieurs à leur avoir facilité la tâche. N'était-ce pas justice après leur drame?

– Mais ils ont disparu juste après la mort d'Heucqueville.

– Ils sont revenus pour affaire et non pour venger une rumeur. Une fois ce massacre commis, il était plus prudent qu'ils anticipent les soupçons qui allaient forcément se tourner vers eux.

– Comment pouvez-vous être aussi sûr qu'ils n'ont pas cédé à la tentation de venger leurs parents pour le dixième anniversaire de leur mort?

Le silence qui précéda la réponse de Delpierre fut plus long que les précédents, il était en train de choisir soigneusement ses mots.

149

– Se sachant en dehors de cela, de leur propre gré ils ne voulaient pas quitter Paris, cela leur a été conseillé. Et encore a-t-il fallu insister ; de leur propre chef ils n'auraient point bougé. Il ne faut jamais oublier le mot du président Harlay : « Si l'on m'accusait d'avoir emporté les tours de Notre-Dame, je commencerais par m'enfuir ! »

Les paroles de Delpierre pouvaient venir d'informations à lui rapportées par le milieu italien de Paris. Elles pouvaient aussi être de quelqu'un ayant participé de sa personne aux conseils en question et de son argent à en faciliter la mise en pratique. Mais il était inutile de l'interroger, je n'en tirerais rien. D'ailleurs, comme s'il avait lu dans mes pensées, il coupa court :

– Je me sens très fatigué.

– Oui, je m'en vais, je vous ai pris beaucoup de votre temps et de votre santé. J'espère que vous vous remettrez rapidement.

– Il y a peu de chance. Les médecins trouvent mon sang fort corrompu. La vie est en train de me glisser entre les doigts, mais à la différence de Sebastiano je lui aurai pris tout ce qu'elle peut offrir. Qu'elle s'achève fait partie de l'histoire.

Il tira le cordon à la tête de son lit et le valet vint me chercher pour me reconduire sans un mot à l'antichambre. Je revêtis les différentes couches de vêtements censés me protéger.

Il était trop tard pour m'en aller informer Bruno et je rentrai directement rue des Cordeliers.

Comme à chaque occasion de réception ou de grand souper des torchères illuminaient l'entrée de la cour pour accueillir nos invités. Le halo de givre flottant dans l'air donnait à notre hôtel un aspect fantomatique. À l'intérieur régnait une certaine agitation. La vaisselle d'argenterie avait été sortie et mon père avait fait venir pour la soirée des aides en cuisine, un maître d'hôtel et plusieurs domestiques pour assurer le service. La table avait été dressée dans la grande salle. Toutes les cheminées de la maison avaient été allumées dès le matin et une douceur inhabituelle régnait comme si les murs eux-mêmes s'étaient réchauffés.

Le premier carrosse à se présenter fut celui du président Brebiette, qui habitait le plus loin de chez nous. Puis arrivèrent les Dinteville, lui était maître des requêtes et fort ami de mon père, elle était pétulante et toujours joyeuse. Puis mon oncle François et ma tante, Corbinelli et Bruno, puis Brielle, un jeune avocat et sa fort jolie épouse. Elle déposa son manchon de velours et son manteau fourré de martre et apparut dans une robe de velours cramoisi à double queue et manches pendantes que toute la soirée les habillements de noir et de violet des autres invités mirent de valeur. Enfin entra Brisson. Celui-ci était président à mortier, conseiller d'État et fort apprécié du roi, il était l'auteur de plusieurs ouvrages sur le droit romain, dont le célèbre *Diverborum quae ad jus pertinent significatare libri XIX* qui était pour toute une génération de juristes une précieuse source de citations latines à même de donner une apparence de sérieux au plus banal des raisonnements. Tous, même lorsqu'ils habitaient à proximité, étaient venus en voiture, à l'exception et pour cause de Bruno, qui faisait plus frère prêcheur que nature. Tous affichaient en entrant dans l'antichambre le sourire bienheureux de qui arrive à bon port après avoir affronté la tempête. Je présentai Bruno à qui ne le connaissait, à savoir les Dinteville et les Brielle. Brisson se souvenait l'avoir rencontré lors de ses visites à l'Académie du Palais. Brebiette l'accueillit d'un grand sourire comme s'ils se fréquentaient de toujours et de quelques phrases de toscan auxquelles Bruno répondit de même. J'eus à peine le temps de le prendre à part pour lui dire ce que j'avais appris du destin tragique de la descendance de Montecuculli que nous passâmes à table. Le froid donnait faim. Mon père présidait à un bout et ma mère à l'autre. Au milieu de la table étaient placés Brebiette d'un côté et Brisson en face. Bruno était auprès de Brisson.

Dès les premiers services d'entrées et de potages, à qui mangeait des abricots ou des prunes de Damas, des petits pâtés de venaison ou des poussins à l'étuvée, la conversation alternait les grands et les petits sujets. La maison du Coq fut à peine abordée, le problème des inondations plus largement. Forcément l'on en vint à évoquer le procès pour concussion fait par l'abbé d'Hérivaux au conseiller Poille, seigneur de Saint-Gratien, sous-doyen de la Grande Chambre et cousin de Brisson. Et chacun de trouver le procès inique et de n'en penser pas moins étant donné la réputation dudit Poille, et Brisson de déclarer scandaleux que l'on s'attaque à son parent. Pour changer de sujet, mon père évoqua le volume *La Puce de Mme des Roches*, lequel contenait une pièce de vers de Brisson. Il y a trois ans une commission de parlementaires fut envoyée à Poitiers pour remettre de l'ordre dans la justice de la province mise à mal par la guerre civile. Et Brisson s'y rendit en tant qu'avocat général. Et tous ces messieurs de s'ennuyer ferme de la province et de fréquenter les dames des Roches et d'y parler lettres et d'y rimer à l'occasion. Jusqu'au jour où une puce aperçue sur le décolleté de la jeune Catherine donna lieu à un tournoi de vers. Celui-ci venait d'être édité chez Langelier. Brebiette semblait n'avoir attendu que cela pour citer quelques vers :

Notre pucette, qui poingt
Ceste charmure marbrine
De la docte Catherine
Si ton heur tu cognoissois,
Qu'heureuse puce, serois.

— Alors, Brisson, il a fallu que vous publiiez une dizaine d'ouvrages fort doctes mais, vous l'avouerez, quelque peu ennuyeux pour que l'on s'aperçoive que la poésie leste est votre véritable vocation. À quand un *Art d'aimer* ou des sonnets dans le style de l'Arétin ?

Brisson sourit, gêné. Il était un juriste sérieux, un puits de science, un travailleur infatigable ayant l'oreille du roi mais un lent, un méthodique incapable de lutter avec la vivacité d'esprit de Brebiette. Celui-ci aimait d'autant plus le moquer que Brisson avait occupé des postes où il l'avait précédé et que cela visiblement l'agaçait. Brebiette terminait d'ailleurs chacune de leurs discussions par un paternaliste : « Mais ne vous inquiétez pas, Brisson, vous finirez premier président ». C'est mon père qui vint détourner la conversation.

— Et votre traité, Président ?

– Il avance, il avance, mais c'est mon premier livre et à mon âge sans doute le dernier, alors je le corrige, je l'améliore, je le bichonne. Attention, ce n'est ni de l'histoire, ni de mes souvenirs, c'est de la philosophie de la justice, et autant vécue que recherchée dans les ouvrages anciens. Et pour cela autant que celui des juristes m'intéresse le point de vue des philosophes, dit-il en s'adressant à Bruno, et d'un homme qui a voyagé partout en Italie et à Genève et à Toulouse où la coutume est différente de Paris.

Bruno répondit qu'il connaissait à peine le droit canon qui touchait à la théologie et que dans son expérience il avait surtout rencontré l'injustice et qu'elle était la même sous tous les cieux.

Nous en étions au second rôt de héronneaux et lapereaux sauce bastarde et pâtés de cailleteaux, et les domestiques remplissaient scrupuleusement les verres à peine vidés d'eau ou de vin de Beaune, ou encore de Tournon dans le Rhône qui était fort bon. Brebiette reprit la parole et regardant Bruno bien dans les yeux lui dit :

– Comme vous le savez, ma famille est de Lyon où j'ai opéré comme avocat des parties jusqu'en 38, lorsque je suis passé au parlement de Grenoble.

– Non, je l'ignorais, dit Bruno.

– Ah bon, je croyais que vous étiez en train d'établir la liste de tous les vieillards de Paris ayant commencé leur carrière à Lyon dans les années 30.

Ceci fut dit avec un sourire et comme anecdotiquement et passa assurément inaperçu pour les autres convives. Mais point de Bruno et moi. Puis Brebiette raconta une anecdote que j'ai depuis lors totalement oubliée. Pourquoi avait-il besoin de faire savoir à Bruno qu'il était à Lyon en 1536?

La conversation redevint générale et chacun de s'entretenir avec ses voisins et moi de parler avec Brisson de la mort, d'un dévoiement du haut et du bas du président de Thou il y a un mois à peine. Il me dit qu'était pour beaucoup dans sa mort la colère dont il s'aigrit contre le roi lequel lui fit faire beaucoup de choses contre son gré en la condamnation de Salcède pour crime d'État et son exécution en place de Grève le 27 octobre. Nous convînmes que la cérémonie de funérailles en la chapelle de Thou de l'église Saint-André-des-Arts avait été très solennelle mais très longue aussi. Monsieur l'évêque de Meaux, qui en faisait l'office mais qui est aussi trésorier de la Sainte-Chapelle, fit marcher celle-ci en corps, qui chanta les sept psaumes pénitentiaux en faux bourdon tout au long du chemin et cela avait été bien long. Le cortège passa en effet devant Saint-Côme et les Cordeliers, puis au long de la rue de la Harpe, le roi et les reines se trouvant au logis du prévôt et enfin sur le quai des Augustins avant de reprendre par devant l'hôtel Saint-Denis. Brisson, qui portait un coin du poêle, les trois autres tenus par le président Prévôt et messieurs Anjorran et Chartier, me dit que par un temps si froid la promenade avait bien failli décimer la Grande Chambre et aussi celle des requêtes et que c'était se demander s'il n'était pas décidé par ce moyen de faire place à de plus jeunes et compétents magistrats.

Le souper en arrivait aux issues de table avec fruits d'hiver, poires confites, gelées et pommes de Capendu et hypocras dans les verres lorsque Brebiette dit à mon père avoir du chemin à faire dans la neige qui commençait à tomber et demanda à ma mère la permission de se retirer. Il toussait sèchement et semblait effectivement épuisé par ces deux ou trois heures en société. Tous les vieillards de Paris étaient peut-être ces jours-ci malades de la poitrine? Il serra la main de chacun, salua Bruno en italien, et mon père fit chercher son cocher au chaud de la cuisine et le raccompagna à son carrosse.

Après son départ la discussion se continua en particulier. Et chacun de goûter plus encore à l'hypocras comme pour se réchauffer avant de retrouver le dehors. Je parlai tout d'abord avec Brielle de mes études à Orléans où lui-même avait passé deux ans. Puis sa femme, une Hauteville, toute charmante et blonde, toujours souriante, les yeux plissés et la bouche gourmande, qui, la gorge dépourvue de tout affiquet, semblait dans sa robe cramoisie un fruit exotique rare. Elle avait l'air fort enamourée de son mari. Nous parlâmes des glaçons dans la Seine et du glacis des rues avoisinantes. Il paraît que la Bièvre est totalement prise dans les glaces et que femmes et enfants s'amusent à y glisser comme il se fait dans le pays de Zélande. Je vis que Bruno de son côté s'entretenait en italien avec Corbinelli puis avait une longue conversation avec Brisson. Il me dit plus tard que le sujet en était le droit romain et que Brisson était fort docte et d'esprit clair et n'en faisait grande chose. Puis mon oncle souhaita partir et donna ainsi le signal pour tous.

Dehors le froid semblait avoir décidé un répit et la neige s'était mise à tomber, elle virevoltait et avait déjà une certaine épaisseur au sol. Bruno remercia mes parents et, muni d'une torche, s'enfonça dans la nuit où il s'évanouit comme une ombre tremblotante. À l'intérieur les domestiques rangeaient table et vaisselle.

Lorsque je souhaitai une bonne nuit à mon père, il me dit cette chose surprenante :

— C'était agréable mais je ne comprends pas pourquoi Brebiette m'a demandé d'organiser ce souper et d'y inviter Bruno. Et il n'a pas l'habitude de procéder au hasard.

J'allai me coucher et repensai à plusieurs reprises à la phrase de mon père.

VII

Je me réveillai plus tard qu'à mon habitude, était-ce l'effet de l'hypocras? La nuit s'était effacée et la neige avait cessé de tomber. De ma fenêtre je voyais les toits et le sol de la rue tapissés de blanc qui brillaient au timide soleil d'hiver. J'avais hâte de retrouver Bruno pour lui rapporter en détail ce que j'avais appris de Delpierre et pour commenter le dîner de la veille et la phrase singulière de mon père sur Brebiette.

Je me trouvai donc très vite dehors. Un silence étrange régnait, comme si Paris retenait son souffle. Le froid s'était à nouveau aggravé et avait gelé la neige qui crissait sous mes pas et semblait étouffer toute tentative de bruit, celui des sabots ou des roues de chariot comme celui des cloches dans le lointain.

Rue de Latran, curieusement, la boutique des Robillard était encore fermée. Avaient-ils peur que le froid extrême décourage le chaland? Dans l'escalier je rencontrai Mme Robillard qui descendait de chez Bruno et me dit:

– Il s'est rendormi et selon moi il vaut mieux ne pas le déranger.

– Mais pourquoi est-il couché? A-t-il eu un refroidissement?

– Pas du tout, c'est à cause de ce qui est arrivé cette nuit. Mais venez au chaud que je vous raconte.

Nous pénétrâmes dans la pièce en retrait de la boutique que Guillemette était en train de ranger. Mais je pensais moins à elle qu'à savoir ce qui était arrivé!

– Ventre Saint-Fiacre! Que s'est-il passé?

– Eh bien nous étions endormis, M. Robillard et moi, lorsque du bruit dans l'escalier nous a réveillés. Puis il y a eu comme des râles et des raclements à la porte. M. Robillard a pris un hachoir et est sorti voir. Le pauvre M. Bruno était allongé sur le sol, à demi inconscient. Mon mari l'a tiré chez nous et nous avons vu que du sang coulait de sa tête et qu'il avait une énorme bosse au sommet de son crâne et il s'est évanoui. On était très inquiet et on l'a aspergé d'eau fraîche. Heureusement il respirait toujours. Il a fini par ouvrir les yeux, a repris quelque peu de ses esprits et nous a dit: «Un coup derrière la tête alors que je refermais la porte. Je ne me souviens de rien d'autre.» Puis il a demandé à ce qu'on l'aide à monter à sa chambre, ce que mon mari a fait. Quand il est redescendu, il tenait la cape de M. Bruno et un poignard. Il a dit: «C'est incroyable, je viens de trouver la cape clouée par ce poignard à une marche d'escalier.»

– Tenez, regardez vous-même, je n'ai pas pensé à les rapporter à M. Bruno.

Mme Robillard me tendit la cape et une dague espagnole parfaitement affilée. La cape était effectivement percée dans le dos. Le trou était étroit mais suffisant pour tuer qui l'aurait portée.

– Voilà et ce matin je lui ai préparé un bol de bouillon. Il m'a dit qu'il n'avait pas très bien sommeillé à cause de son mal au crâne. Après avoir mangé, il s'est rendormi. M. Robillard, lui, est sorti pour prévenir le lieutenant qu'on avait essayé d'assassiner M. Bruno.

En fait je comprenais que l'on n'avait pas voulu tuer le philosophe, on l'avait assommé et on s'était contenté de poignarder son mantel.

Il y eut un bruit de pas dans la cage d'escalier et M. Robillard entra dans la pièce.

– Ça y est, j'ai enfin trouvé Dagron, il arrive dans quelques instants.

Mme Robillard nous servit un bol de lait chaud et je regardai enfin Guillemette que je n'avais jamais vue aussi tôt le matin le visage à peine sorti du sommeil. Le lait lui faisait une fine moustache blanche des plus plaisantes qu'elle mit un long temps à essuyer. Puis j'entendis des pas bruyants dans l'escalier et je compris que Dagron montait chez Bruno. J'abandonnai la famille Robillard et emportai la cape de Bruno et la dague souvenir. J'arrivai alors que Dagron venait à peine d'ôter ses manteaux. J'apportai les deux fauteuils auprès du lit. Dagron lui dit :

– Alors, on a essayé de vous trouer la peau ?

– Non, ni même il ne s'agit d'admonestement. On m'a fait comprendre que si on avait voulu le faire, il n'y aurait eu aucune difficulté à cela. Mais on s'est contenté de délicatement m'assommer.

– Comment est-ce arrivé ?

– Je suis revenu de souper vers 10 heures, il neigeait et les rues étaient désertes. J'ai ouvert la porte et au moment où j'étais tourné vers elle pour la refermer j'ai pris un coup de gourdin sur la tête. Assez fort pour m'assommer mais pas assez pour me tuer. Je n'ai absolument rien vu d'autre que des étincelles. Je ne me souviens de rien jusqu'à ce que M. Robillard m'ait ramassé. C'est lui qui a trouvé la cape poignardée à une marche d'escalier.

Dagron examina les deux objets que je lui tendis.

– Comment êtes-vous monté chez vous?

– Soutenu par M. Robillard qui m'a aidé à m'allonger. J'ai très mal dormi.

– Et ce matin?

– Encore mal à la tête et un œuf de pigeon.

Il ôta sa coiffe de nuit et se pencha pour que l'on vît la protubérance bien mise en évidence par sa tonsure.

– Voilà, rien de bien grave, mais assez douloureux.

– On vous a volé?

– Que voulez-vous que l'on me vole? Tout ce que je possède se trouve dans mon esprit que l'on a plutôt tenté d'abrutir.

– À quelle sorte de souper étiez-vous?

Bruno sourit.

– Je vous rassure, lieutenant, je n'étais ni dans un tripot à jouer aux dés avec des voyous qui auraient pu mal prendre de me voir gagner, ni au bordel avec les dangers qui peuvent s'ensuivre. J'étais dans une maison des plus honnêtes, en compagnie d'un premier président, d'un président à mortier, de deux maîtres des requêtes et d'un avocat. Tant de témoins aussi insoupçonnables peuvent d'ailleurs paraître suspects, mais enfin c'est moi la victime.

Je précisai à Dagron que le repas avait eu lieu chez mes parents.

– Est-ce que vous avez remarqué quelqu'un de louche aux approches du Drap d'or?

– Ni de louche ni de rassurant, pour la bonne

raison que la rue était totalement déserte. Pour venir de chez Hennequin j'ai dû croiser deux ou trois bourgeois visiblement pressés de rejoindre la chaleur du foyer et c'est tout. Il faisait trop froid pour les mauvais garçons.

– Enfin il y en a eu au moins un pour braver la neige.

– Ce n'est pas vraiment un voyou, c'est un homme qui avait reçu une mission et l'a remplie.

– Mais encore fallait-il savoir que vous étiez de sortie et que vous alliez rentrer vers cette heure-là.

– Il était facile de vérifier que je n'étais pas chez moi, je ne ferme jamais ma porte, et le feu dans ma cheminée montrait bien que j'allais revenir. Il suffisait d'être discret et patient. Tout dépend du nombre d'écus reçus pour cela. En tout cas en assassinant ma cape on a voulu me dire quelque chose mais je ne sais quoi.

– Est-ce que cela aurait un lien avec la maison du Coq?

– Je n'en sais rien, mais je croyais que les Mazzotti étaient loin et je ne les vois pas se soucier de moi depuis l'Italie.

Dagron sourit.

– Les Mazzotti sont une hypothèse. Ce n'est pas la seule et je croyais que l'on devait en reparler.

– Bien volontiers mais laissez-moi quelques heures pour reprendre mes esprits. Revenez déjeuner avec nous. Je demanderai à Mme Robillard de nous préparer quelque chose. C'est une excellente ménagère.

– Voulez-vous que j'envoie un de mes sergents pour garder votre porte?

– Merci, mais surtout pas. Je ne tiens pas à me faire

remarquer du quartier et puis en fait je ne risque rien. Si on avait voulu me tuer cette nuit, on l'aurait fait, et on a justement voulu me le faire comprendre.

Dagron s'en alla et je m'apprêtai à le suivre mais Bruno me fit signe de rester.

– Non, reste, je voulais juste que l'on puisse au préalable s'entretenir tous les deux. D'abord dis-moi le détail de ta conversation avec Delpierre.

Je lui racontai ma visite et comment j'avais appris l'extinction de la famille Montecuculli.

– Et si la sœur avait eu des enfants?

– Je pense que Delpierre l'aurait su et puis pourquoi des neveux auraient-ils pris autant de risques, si longtemps après, pour un oncle qu'ils n'ont jamais connu? De plus, remonter à Heucqueville aurait réclamé une véritable enquête.

– À moins de s'adresser à un de ces vieillards au passé lyonnais qui eux sont parfaitement renseignés.

– Nous avons aussi parlé des fils Mazzotti. Delpierre les connaît très bien, il les a visiblement aidés à installer leurs affaires à Paris et m'a expliqué qu'ils n'étaient sûrement pour rien dans le massacre.

– Pourquoi?

– Ils n'étaient pas à Paris pour cela!

– Et leur départ précipité?

– On les a convaincus, et il a fallu insister. Et mon impression est que c'est Delpierre lui-même qui s'en est chargé et qu'il était persuadé que même innocents demeurer à Paris était très risqué pour eux.

Bruno se tut. Quelques rayons de soleil passant l'obstacle des toits avoisinants éclairaient la chambre.

– En fait, quelque chose m'échappe. Depuis ta visite

chez Grandjon j'ai l'impression que l'on se joue de nous, que nous ne sommes plus maîtres du jeu.

– Savez-vous pourquoi ce dîner hier soir chez mon père?

Et je lui rapportai ce qu'il m'avait dit de Brebiette.

– Mais pourquoi a-t-il demandé ce service à ton père? Assurément pas pour que j'assiste à ses joutes oratoires avec Brisson. En fait la partie a changé depuis que Grandjon t'a mis sur la piste Montecuculli. Ces vieillards au passé lyonnais et ne portant pas Heucqueville dans leur cœur ont l'apparence caco-chyme mais sont loin d'être rassotés et paraissent assez vigoureux pour à chaque fois avoir quelques coups d'avance sur nous.

– Et votre assommage d'hier?

– Un homme de main, un professionnel qui a exé-cuté scrupuleusement ce pour quoi on l'a payé.

– Pour vous décourager?

– Pas du tout, ni pour m'éliminer. Pour me dire quelque chose que je ne déchiffre pas encore. Mais maintenant laisse-moi un peu seul avant de recevoir Dagron. Tout accuse les Montecuculli, le seul problème est qu'il n'y a plus de Montecuculli. Et comme je ne crois pas aux esprits vengeurs! C'est comme un pro-blème de géométrie sur lequel on bute: l'esprit humain s'obstine et revient vingt fois se heurter à l'obstacle en suivant le même sillon, alors qu'il faudrait changer du tout au tout la manière de s'y attaquer. Tu sais, lorsque tu égares un objet et que tu es capable de le chercher dix fois à un endroit où tu as déjà vérifié qu'il n'était pas. Alors qu'il suffit de faire le vide dans son esprit et de revivre tous les gestes qui peuvent l'avoir égaré.

C'est ce que je dois faire. Ce sont les Montecuculli et il n'y en a plus. Tout est là et il faut en sortir.

Je passai chez les Robillard et demandai à madame de préparer une crétonnée de pois pilés, de faire rôtir un chapon et s'enquérir de quelques bouteilles de vin de Précy, Dagron ayant visiblement peu de goût pour l'eau claire. Elle me promit de s'occuper de la table et du couvert.

Je me promenai une heure dans le quartier tapissé d'un manteau blanc inhabituel. Avec la neige tout semblait différent, la moindre ruelle était une enluminure des Limbourg ou de Bourdichon. Les passants étaient rares et les animaux habituellement si nombreux avaient disparu, sans doute terrés à l'abri.

Fatigué du froid, j'entrai dans la petite église Saint-Hilaire-du-Mont à l'angle de la rue des Carmes. Curieusement j'y trouvai William qui avait eu la même idée de refuge que moi. Il me dit partir le lendemain pour son pays, ayant rencontré un groupe de ses compatriotes et le voyage étant plus en sûreté à plusieurs que seul. Il me demanda de saluer mon maître pour lui et surtout de lui faire connaître s'il vient à Londres comme il lui a dit en avoir l'intention. Et aussi que si je l'accompagnais il en serait heureux de me revoir. Et regretta qu'on n'ait pu deviser vraiment tous deux et me demanda à quoi je m'occupais. Lorsque je lui parlai de droit canon il resta silencieux de non intérêt et ne put le camoufler de civilité. Je trouvai cela curieux pour un futur acteur. J'avoue ne point très bien comprendre l'attention qu'il a éveillée chez mon maître. Il ne suffit tout de même pas avoir préféré Ovide et Plutarque au dépeçage des bœufs pour être assurément quelqu'un à distinguer. À moins que ce ne soit par fidélité pour Florio. Et nous souhaitâmes de nous revoir, persuadés l'un et l'autre qu'il n'en serait rien et sans importance. À dire vrai, il m'étonnerait que quiconque entendît jamais parler de lui.

Je revins pour trouver Bruno et Dagron à deviser, attendant que Mme Robillard qui avait dressé la table et monté le vin leur apporte le repas.

– Alors, lui demanda Bruno, avez-vous avancé sur la piste des Mazzotti ?

– Non, pas vraiment, et je n'ai que de très vagues nouvelles de Lyon sur le rôle de Heucqueville dans le procès de Montecuculli. Mais j'ai avancé par ailleurs.

Et il profita du prétexte de la crétonnée que Mme Robillard venait de servir pour laisser sa phrase en l'air. Bruno semblait évaluer la situation et décida visiblement que renseigner Dagron sur l'affaire Montecuculli ne serait que lui faire gagner un peu de temps mais montrerait son esprit de collaboration.

– En fait, qu'avez-vous appris ? demanda-t-il à Dagron.

– Eh bien, je savais la mort du dauphin et l'exécution de son échanson, mais j'ignorais la rumeur sur le procès et le rôle qu'aurait joué Heucqueville. Et surtout que la culpabilité de Montecuculli pouvait faire doute. Qu'en pensez-vous ?

Bruno reprit nos arguments contre la culpabilité de l'Italien. Et question de bon sens sur ses intérêts et doutes sur un possible empoisonnement d'arsenic. Puis il se servit de mes conversations avec Grandjon et Delpierre pour lui rapporter l'atmosphère très particulière de ce temps et le désarroi de tous à chercher une raison d'artifice à cette mort. Et l'autopsie qui n'avait rien montré et le roi qui ne voulait y croire.

– Et pour vous une telle injustice rendrait la vengeance plausible et expliquerait ses singularités? questionna le lieutenant.

– Oui, tout à fait. Le corbeau par exemple n'est pas simplement signe de vengeance, c'est aussi le symbole de Lyon et le *Ricordi Lione* est plus cohérent ainsi.

– Reste à savoir qui a pu exécuter ou faire exécuter. Y a-t-il des enfants ou des parents proches?

– Montecuculli avait des enfants, mais que sont-ils devenus?

Donc Bruno avait décidé de garder par-devers lui quelque avance. Je remarquai qu'il n'évoquait pas l'épigramme de Heucqueville.

– Et les choses ont avancé dans quelle direction?

Dagron était bon joueur et répondit de bon gré:

– Les bruits sur les hommes de main se sont précisés. Les informations venant de sources différentes se recoupent et vont dans le même sens. Il y a eu contrat et l'on commence à voir circuler des écus d'or dans les bordeaux, les étuves et autres tripots, en abondance inhabituelle dans certaines mains. J'aurai bientôt la liste des reîtres et soudards qui auront distribué des pièces toutes fraîches de leur poche. Si fraîches qu'elles en ont été impatientes d'en sortir. Et après, à moi de découvrir qui aura passé commande. Il ne m'étonnerait pas de découvrir par là même qui vous a assommé et dagué votre manteau. Car nous avons interrogé le voisinage et personne n'a rien entendu ni vu de suspect. Tous avaient volets fermés, du foin sous les portes, des chiffons aux lucarnes, le nez sous les couvertures à écouter le feu crépiter dans l'âtre. Au fait, comment va votre crâne ?

– Mieux. Ça a été un vrai travail de barbier qui vous assomme légèrement pour vous empêcher de souffrir de la lancette ou du scalpel. Donc vous pensez identifier les nervis impliqués ?

– Sans faute, il suffit de méthode et d'un peu de temps. Ils vont forcément faire montre de l'argent à des gens qui ont tout intérêt à me le rapporter, après il faut que cela se recoupe pour éviter les accusations fallacieuses et les vengeances personnelles, mais j'aurai une liste demain.

– Mais pourquoi dépensent-ils ?

– Que voulez-vous qu'ils fassent ? Ce ne sont pas gens à acquérir des rentes sur l'Hôtel de Ville ou à retourner au village assister leurs vieux parents nécessiteux. Ils gagnent donc de l'argent pour le dépenser, et où le dépenser mieux qu'à Paris ? De plus la foule donne l'illusion de l'anonymat alors qu'en fait c'est dans les mauvais lieux que la police est vraiment chez elle.

– Et quand vous les aurez identifiés ?

– Ce sera très facile. Je connaîtrai le nom du ou des commanditaires.

– Par la violence ?

– Même pas. Simple affaire de transaction. Donnant, donnant.

– Ils y épargneront leur vie ?

– Non, tout de même pas, mais ils auront l'assurance de la perdre au meilleur prix sans les complications horrifiantes dont notre justice est si friande. Aucun n'y résiste, ce sont gens qui ont trop tôt fait souffrir par eux-mêmes pour ignorer de quoi il retourne et ne pas chercher à y échapper par une petite trahison désormais sans importance pour eux. Par ailleurs, je saurai d'ici peu si la piste Montecuculli est sérieuse. Y a-t-il encore des enfants aux alentours de la cinquantaine dont la vie a été gâchée par l'exécution de leur père et qui en ont gardé si longtemps après l'énergie de vengeance. Mais on ne m'a signalé la présence d'aucun Montecuculli à Paris, et pourtant depuis une semaine on tisonne la fourmilière des Italiens installés chez nous. Et tout a été fait de manière trop étudiée à la maison du Coq pour avoir été ordonné de loin. C'est quelqu'un qui était sur place. Ou alors ce sont les Mazzotti mais j'accorde que cela ne cadre pas parfaitement, et puis s'ils ont tout soigneusement manigancé et commandité des assassins mercenaires, pourquoi ne pas avoir quitté au préalable? Ils pouvaient partir avant. Au fait, vous ne m'avez pas dit en quoi la piste Montecuculli explique le poignard dans le cul.

Je vis dans la réponse de Bruno qu'il n'avait pas vécu dans un couvent pour rien. Il prit un air patelin comme pour s'excuser de sa propre insuffisance pour répondre :

– Je n'ai pas encore trouvé mais ne désespère pas.

Puis il bâilla et se passa la main sur l'arrière de la tête en fermant les yeux de fatigue. Dagron, bien entendu, lui proposa de le laisser en repos. Il nous quitta en nous donnant rendez-vous au lendemain. Bruno s'allongea pendant que Mme Robillard débarrassait la chambre du désordre du déjeuner.

– Écoute, Jean. Ce matin après ton départ j'ai remis de l'ordre dans tout cela et la conversation avec Dagron m'a donné le dernier élément qui me manquait. Donc je crois que j'ai compris. Mais aujourd'hui je ne peux fonctionner en continu, donc laisse-moi faire la sieste. Va conter fleurette à Guillemette ou à une autre et reviens me voir. Je te donnerai mon explication et nous aviserons sur la conduite à tenir. En fait l'attentat d'hier soir était pour me mettre sur la piste.

– Pour vous mettre sur la piste, ce n'est pas commun !

– Oui mais si ma théorie se confirme, rien dans cette affaire n'est banal et c'est pour cela qu'à un certain moment il fallait changer de logique.

– Que voulez-vous dire ?

– Quelqu'un a pris au pied de la lettre le livre d'Isaïe : «Dans le malheur de son troupeau Dieu n'oublie aucune de ses brebis.» À tout à l'heure.

Je le rejoignis à la nuit tombée, son visage avait repris des couleurs et son œil pétillait. Il était assis dans son fauteuil, le dos à la bonne bourrée flambante de la cheminée, comme la première fois où j'étais entré chez lui.

– Donc depuis que tu as vu Grandjon, nous ne sommes plus maîtres du jeu. Ces vieillards crachotant, qui semblent avoir un pied dans la tombe et l'autre dans le Lyon de 36, nous mettent sur des pistes qu'ils ont soigneusement choisies. Et hier soir ce fut la fève de la galette : Brebiette organise un souper chez ton père, ce qui est bien joué car lui permettant de dire à son habitude les choses sans les dire mais pour que je les entende.

– J'ai entendu comme vous ce qu'il a dit, mais sans doute moins bien que vous ce qu'il a omis.

– D'abord, il m'a rappelé qu'il parlait italien aussi bien que moi. Ensuite, il nous a hors de toute nécessité appris qu'il était à Lyon en 36 et qu'il savait que tu avais rencontré Grandjon et Delpierre. Toute la conversation, les anecdotes, les flèches à l'encontre de Brisson n'étaient qu'enrobage de cette information.

– Donc il vous a invité le lendemain de ma visite à Grandjon qui lui a sans doute rapporté notre conversation.

– Oui, d'abord il me fait venir chez lui et me fait comprendre qu'il en sait beaucoup sur mes gestes et qu'il a connu Dagron encore damoiseau. Et puis Delpierre et ensuite le souper d'hier soir, et enfin pour bien confirmer que je suis sur la bonne piste, une bosse à la tonsure. Car qui savait exactement où j'étais pour avoir demandé à ton père de m'inviter et donc à quel moment je rentrerais?

– Donc hier soir c'est Brebiette.

– Pour moi, une fois qu'on a remis l'incident dans le système, cela ne fait aucun doute. Et cela quelques heures après m'avoir fait savoir qu'il se trouvait à Lyon et comme avocat. Il y a un lien entre ce qu'il m'a dit au souper et la réception qui m'attendait à mon retour. Et il savait très bien qu'ainsi après quelque réflexion je comprendrais d'où cela venait. Je trouve tous ces cacochymes d'une remarquable verdeur d'esprit. Regarde comme hier soir malgré son grand âge, sa toux et son essoufflement, Brebiette dominait l'assemblée. Son esprit, lui, ne manque pas de souffle. Et de ce que tu m'as dit de tes conversations avec Grandjon et Delpierre j'ai ressenti la même impression de vieux corps usés par l'âge et d'intelligences au jarret tendu et rapide.

«En fait un déclic s'est produit lors du déjeuner, lorsque Dagron nous a dit être sûr que les Heucqueville

172

avaient été exécutés par des hommes de main. Il n'y a plus de Montecuculli mais qu'est-ce qui empêche que quelqu'un ait décidé être concerné comme Dieu l'est par chacune de ses brebis et devoir par une sorte d'obligation morale appliquer justice. Notre raisonnement était bon, mais nous nous sommes figés sur l'absence d'héritiers Montecuculli. Nous n'avons pas imaginé que quelqu'un pourrait au nom d'une certaine éthique assumer l'héritage de vengeance, et bien qu'étranger à la famille, déciderait que cette ignominie-là ne devait pas rester impunie. Donc je pense que lorsque Dagron arrêtera les sicaires, il apprendra que le commanditaire a été premier président. Et soit il y aura scandale, soit Dagron est dans la main de Brebiette et en décidera autrement et les tueurs mourront, avant d'avoir parlé à quelqu'un d'autre, d'un regrettable accident, par exemple lors d'une tentative d'évasion qui aura mal tourné. Ce sont les deux seules solutions que je vois et pourtant quelque chose me gêne.

– Quoi?

– Dans ce cas-là pourquoi m'avoir signifié lourdement que j'étais sur la bonne piste? Et puis Brebiette a encore des coups d'avance et a sûrement fait le même raisonnement que moi sur Dagron. Il a d'ailleurs déjà prévu que j'aurais également ce raisonnement. Donc là aussi quelque chose m'échappe encore.

– Et Grandjon et Delpierre dans tout cela?

– Ils ne sont peut-être pas formellement au courant, mais tous ont été bouleversés par l'affaire Montecuculli et sont sans doute honteux de leur passivité au moment du procès et de l'exécution. Ils en ont été mortifiés, en ont souvent discuté, ont invoqué la justice divine, ont échafaudé après boire des plans illusoires de vengeance immanente sans penser vraiment un jour passer à l'acte. L'assassinat des Mazzotti il y a dix ans et les rumeurs sur Heucqueville ont dû ranimer leur indignation. Et maintenant les fils Mazzotti à Paris! Est-ce qu'ils en savent plus, est-ce qu'ils ont soupçon, je ne saurais le dire. Même si c'est le cas je ne crois pas que l'idée que l'un d'entre eux ait choisi de rendre justice lui-même puisse les troubler. Mais le plus intelligent, le plus organisé, le plus redoutable parce que pouvant décider que sa propre justice outrepasse celle douteuse des hommes et celle très incertaine de Dieu, c'est Brebiette. Donc il sait qu'avec les éléments qu'il m'a fournis je vais comprendre. Et il sait que je vais comprendre aujourd'hui même. Je parie qu'il est au courant du déjeuner de ce midi. Il sait aussi que je ne peux ni rester dans mon coin ni confier ce que j'ai compris à Dagron. Donc il sait que je vais aller le voir, et il sait que je sais qu'il sait, et il m'énerve d'être déplacé comme un pion sur un échiquier et je vais tout de même y aller car c'est la seule chose à faire. Il sait aussi que je n'attendrai pas demain matin, Dagron ne nous a peut-être pas tout dit et je me méfie de lui. Quand il se met en branle, il peut aller vite. Donc Brebiette m'attend ce soir et je ne décevrai pas son attente. Je vais m'habiller chaudement et aller chez lui, lui dire mes conclusions et constater ce qu'il a déjà sûrement décidé d'en faire.

– Mais votre crâne?

– Oh! c'est presque oublié, surtout si je laisse ma tête au chaud sous mon béret. Et puis sortir me fera du bien, je commence à engourdir.

– Vous savez que la température est à nouveau tombée. Puis-je vous accompagner?

– Je n'aurais osé te le demander.

Pendant qu'il s'équipait pour aller affronter la froidure, je glissai discrètement la dague espagnole de la veille dans mes chausses.

Le froid était cette fois-ci extraordinaire, comme il me semblait n'en avoir jamais rencontré de tel, et même de mémoire d'homme. Nos poitrines étaient comme oppressées, la peau nous piquait sous nos vêtements, le béret enfoncé jusqu'aux yeux, la tête sous nos capuches, nous tremblions sous nos capes et mantelets, trop occupés à lutter pour faire l'effort de parler.

Nous prîmes par les rues Bruneau et Saint-Hilaire. Une cérémonie devait se dérouler à Saint-Etienne-du-Mont qui bien qu'inachevée encore était tout éclairée de l'intérieur et dans laquelle on entendait l'écho des psaumes chantés à pleine voix. Puis la rue Bourdelle et la porte qui contrairement à l'habitude était déserte et enfin les fossés Saint-Victor. Après une centaine de pas, Bruno me fit signe de traverser et se dirigea vers une imposante maison à la curieuse enseigne des Trois Balances.

– Voulez-vous que je vous laisse seul?

– On verra comment cela se passe, mais de toute façon tu seras mieux à l'intérieur.

Il frappa du heurtoir à la porte et un valet vint nous ouvrir. Au souhait de Bruno de voir le président il répondit que celui-ci était dans sa bibliothèque et avait recommandé de ne pas être dérangé.

– C'est à sa demande que je suis là, dit Bruno, et vous devriez au moins le prévenir. C'est important.

Le valet soupesa la situation et décida de moindre risque d'avertir discrètement son maître de la présence de Bruno. Il nous conduisit à un petit salon qu'il éclaira pour nous mais dans lequel il ne faisait pas très chaud. Au bout de quelques minutes d'attente, nous entendîmes des portes claquer et des pas précipités dans le couloir. Puis des cris et une véritable cavalcade. Bruno ouvrit la porte et je portai ma main à la dague. Nous sortîmes du salon. Tout le personnel de la maison, servantes, domestiques, maître d'hôtel, était en émoi. Personne ne fit attention à nous jusqu'à ce que nous croisions le valet de tout à l'heure.

– Le président est mort, enfin je crois. J'ai envoyé chercher un médecin. Mais si vous voulez entrer dans la bibliothèque, peut-être pourrez-vous aider.

– Que s'est-il passé ?

– J'ai frappé à la porte et, sans réponse, j'ai fini par entrer, la pièce était vide. Je me suis aperçu que la porte donnant sur le jardin était entrouverte. Je suis sorti et là, à une quinzaine de pas, j'ai trouvé le Président allongé sur le sol, déjà recouvert d'une pellicule de grésil. Il a dû avoir une syncope à cause du froid. Ce que je ne comprends pas, c'est pourquoi il est sorti en simple chemise. J'ai retrouvé ses habits d'intérieur dans un coin de la bibliothèque.

Bruno entra et je le suivis. Deux servantes se trouvaient auprès du président allongé sur un lit de repos sous une couverture. Il avait les paupières baissées, le teint terreux, encore un peu de givre dans les cheveux, son nez était pincé et sa bouche mi-ouverte. Bruno s'approcha, souleva la couverture, posa son oreille sur la poitrine, puis il prit le bras qui reposait le long du corps et tâta le pouls. Il remit la couverture en place.

– Il est mort et il n'y a plus rien à faire. A-t-il de la famille?

– Son neveu Pierre que l'on a fait prévenir.

– Allons-nous en, il ne sert plus à rien de rester.

En passant près de la table de travail, Bruno jeta un coup d'œil. La table était nue, en son milieu se trouvait une épaisse liasse de feuilles qui pouvait être le manuscrit de son traité. Je me penchai pour lire la première page, elle comportait en forme de titre: *De Justicia Humani et Justicia Dei.* Nous quittâmes la maison des Trois Balances et refîmes le chemin dans l'autre sens sans prononcer une parole. Je voulus laisser Bruno en bas de chez lui mais il insista pour que je monte boire un dernier vin chaud.

Arrivé dans sa chambre, il se tut un moment.

– On n'est pas premier président sans un certain goût de l'apparat et de la mise en scène. Brebiette a terminé sa vie en rendant justice, au mépris des hommes et en méfiance de Dieu. Et il n'a voulu laisser à nul autre que lui de décider de son sort. C'est d'un immense orgueil. Il a sacrifié au spectacle qu'il avait imaginé les quelques semaines ou mois inutiles qu'il lui restait à vivre. Dagron trouvera les tueurs, obtiendra le nom de leur commanditaire et aura un grave cas de conscience. Ce ne sera plus le problème du Président là où il se trouve, ni le nôtre. Retournons à nos travaux. *Vale.*

Je sortis de la chambre et commençais à descendre les marches à précaution. Parvenu au premier étage, j'entendis, montant de l'entrée, des soupirs et un vague froissement de vêtements. Je repris ma descente et à quelques marches du bas n'eus que le temps de percevoir deux formes enlacées qui à ma venue se séparèrent en une agitation de palombes prenant leur envol. L'une passa rapidement l'huis et disparut dans l'ombre de la rue, l'autre ouvrit la porte intérieure des Robillard et un instant se détacha en silhouette dans l'encadrement éclairé. Puis, les deux portes refermées, tout redevint obscurité et silence. Cela avait eu la fulgurance et la chimère d'un songe. Ainsi la fraîche et pure Guillemette avait un galant qui se venait frotter à elle dans la nuit et le froid de l'escalier. Je savais l'apparence des choses trompeuse, je découvris brutalement qu'il en allait ainsi des jeunes filles innocentes.

«*Année 1582. En ce mois de décembre, le lundi du dix-neuvième du dit mois, mourut à Paris le président Brebiette, respecté de tous comme bon justicier et très digne de la charge et rang qu'il tenait en la république. Esprit de caractère et chose remarquable juge non corrompu et d'intelligence, il était de 85 à 86 ans et toujours de manières superbes et la langue aussi rapide que griffe de chat, aussi souple d'esprit que rigide de caractère et riche autant d'écus que de provisions de livres. Et fut trouvée sa mort très singulière en chemise dans son jardin au jour le plus froid du siècle. Et de se demander s'il fut pris d'un besoin si pressant chez les vieillards ou si un transport de la raison lui fit sortir par temps d'hiver comme au soir d'été. Sa maison à l'enseigne des Trois Balances que d'entre certains disent : c'était par en dessous justice des hommes et justice de Dieu très grand, et par en dessus justice Brebiette.* »

Pierre de l'Estoile, *Mémoires-journaux,*
Paris, Librairie des Bibliophiles et Lemerre, 1875, 12 vol. in-8°.

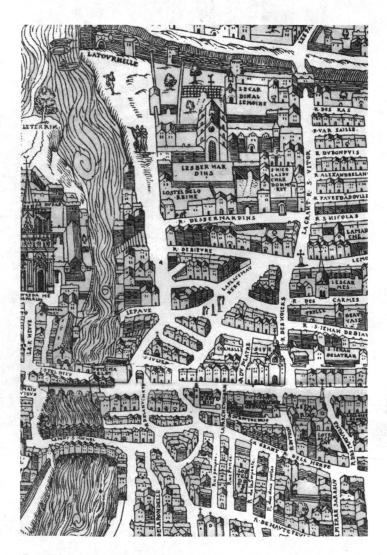

Extrait du *Plan dit de Truschet et Hoyau*, datant du milieu du XVIe siècle.

On ne peut se pencher avec quelque espoir de sérieux sur le passé sans être redevable à ses prédécesseurs. L'auteur de cette traduction tient donc à signaler ce qu'il doit aux spécialistes de Bruno: Vincenzo Stampanato, Emile Namer, Bertrand Levergeois, Rita Sturlese, Giovanni Aquilecchia, Michele Ciliberto, etc., et bien entendu à la remarquable édition des œuvres complètes en cours aux éditions Les Belles Lettres sous la direction d'Yves Hersant et Nuccio Ordine.

Quant à la période des derniers Valois, la reconnaissance de l'auteur va particulièrement à Jacqueline Bouchet (Société et mentalité autour de Henri III), Henri Chevallier (Henri III), Jean-Marc Constant (La Ligue, La Vie quotidienne au temps des guerres de Religion), Denis Crouzet (Les Guerriers de Dieu, La Nuit de la Saint-Barthélemy), Jean-François Solnon (Henri III), et enfin aux ouvrages déjà anciens mais toujours indispensables de Marcel Poète (Une vie de cité. Paris de sa naissance à nos jours) et Pierre Champion (La Jeunesse de Henri III, Henri III roi de Pologne, Paris sous les derniers Valois, etc.). Enfin, l'ouvrage de Gabriel Audisio, Les Vaudois, m'a été fort utile pour comprendre les subtilités théologiques énoncées par Bruno à leur sujet.

LIANA LEVI ⬛ *piccolo*

Au catalogue

Littérature

Barbara Honigmann, *Très affectueusement*
Henry James, *L'Américain*
Henry James, *La Mort du lion*
Henry James, *Portrait de femme*
Henry James, *Washington Square*
Alter Kacyzne, *Contes d'hiver et d'autres saisons*
Andreï Kourkov, *Le Pingouin*
Andreï Kourkov, *Le Caméléon*
Andreï Kourkov, *L'Ami du défunt*
Andreï Kourkov, *Les Pingouins n'ont jamais froid*
Patrice Lelorain, *Adieux*
Primo Levi, *Le Fabricant de miroirs*
Primo Levi, *Lilith*
Iain Levison, *Un petit boulot*
Andrej Longo, *Adelante*
Rosetta Loy, *La Bicyclette*
Soma Morgenstern, *Fuite et fin de Joseph Roth*
Soma Morgenstern, *Le Fils du fils prodigue*
Soma Morgenstern, *Idylle en exil*
Soma Morgenstern, *Le Testament du fils prodigue*
Soma Morgenstern, *Errance en France*
Itzhak Orpaz, *Fourmis*
Itzhak Orpaz, *La Mort de Lysanda*
Itzhak Orpaz, *La Rue Tomojenna*
Itzhak Orpaz, *Une marche étroite*
P. M. Pasinetti, *Demain tout à coup*
P. M. Pasinetti, *De Venise à Venise*
P. M. Pasinetti, *Partition vénitienne*
P. M. Pasinetti, *Petites Vénitiennes compliquées*
Paolo Repetti, *Journal d'un hypocondriaque*
Yoïne Rosenfeld, *Ce sont des choses qui arrivent*
Lore Segal, *Du thé pour Lorry*
Lore Segal, *Son premier Américain*
Jim Shepard, *Project X*
Zalman Shnéour, *Oncle Uri et les siens*
Sholem Aleikhem, *La peste soit de l'Amérique*
Israël Joshua Singer, *Argile*

Achevé d'imprimer en juillet 2004
dans les ateliers de Normandie Roto Impression s.a.s.
61250 Lonrai
N° d'impression : 04-1996
Dépôt légal : août 2004

Imprimé en France